REENCONTRO
literatura

Jack London

Caninos Brancos

Tradução e adaptação de
Laura Bacellar

Ilustrações de
Kako

editora scipione

Gerência editorial
Sâmia Rios

Edição
Adilson Miguel

Editora assistente
Fabiana Mioto

Revisão
Gislene de Oliveira
Paula Teixeira

Edição de arte
Marisa Iniesta Martin

Diagramação
Rafael Vianna

Programador visual de capa e miolo
Didier Dias de Moraes

Adaptado de *White Fang and the Call of the Wild*.
Londres: Penguin, 1994.

editora scipione

EDITORA AFILIADA

Avenida das Nações Unidas, 7221
Pinheiros – São Paulo – SP – CEP 05425-902
Atendimento ao cliente: (0xx11) 4003-3061

www.aticascipione.com.br
atendimento@aticascipione.com.br

2017
ISBN 978-85-262-7175-3 – AL

1.a EDIÇÃO
3.a impressão

CAE: 242326
Cód. do livro CL: 736390

Impressão e acabamento
Brasilform Editora e Ind. Gráfica

Dados Internacionais de Catalogação na Publicação (CIP)
(Câmara Brasileira do Livro, SP, Brasil)

London, Jack, 1876-1916.

Caninos Brancos / Jack London; tradução e adaptação de Laura Bacellar. – São Paulo: Scipione, 2008. (Série Reencontro literatura)

Título original: *White Fang and the Call of the Wild*.

1. Ficção – Literatura juvenil I. Bacellar, Laura. II. Título. III. Série.

08-09591 CDD-028.5

Índice para catálogo sistemático:
1. Ficção – Literatura juvenil   028.5

SUMÁRIO

Quem foi Jack London? 5
1. À caça de comida 7
2. A loba 12
3. A fome 20
4. A batalha. 26
5. O ninho 31
6. O lobinho cinzento 36
7. Os fazedores de fogo. 43
8. A submissão 52
9. O solitário. 56
10. O pacto 59
11. Inimigo dos seus. 63
12. O lutador 68
13. O indomável. 73
14. A longa jornada 78
15. A vida no sul. 81
Quem é Laura Bacellar? 88

QUEM FOI JACK LONDON?

A vida de Jack London, pseudônimo de John Griffith Chaney, mais parece um de seus movimentados romances de aventura. Nascido em São Francisco, em 12 de janeiro de 1876, escreveu mais de cinquenta livros, dentre os quais o clássico *O chamado selvagem*, que conta uma história que espelha a relatada em *Caninos Brancos*, de um cão que se torna lobo.

Jack não conheceu o pai, que abandonou a esposa quando soube que estava grávida, e passou a infância em meio a muita pobreza. Aos quatorze anos tornou-se operário, depois tentou ganhar a vida como jornaleiro, varredor, balconista, catador de ostras clandestino e empregado numa tecelagem de juta. Aos dezessete anos embarcou num navio como marujo em direção ao Japão e às ilhas Bonin, escrevendo depois um conto sobre um tufão na costa japonesa que foi premiado pelo jornal *San Francisco Morning Call*. Percorreu os Estados Unidos de carona em trens de carga, foi preso por vagabundagem e, aos 21 anos, juntou-se à multidão de homens que correu ao Canadá para tentar a sorte nas minas de ouro. Não conseguiu uma pepita sequer, mas sua experiência naquela região gelada rendeu-lhe o sucesso literário nas muitas histórias que contaria tendo o norte gelado como cenário.

Sempre disposto a aventuras, Jack London viajou pelo mundo todo e escreveu como um operário, sentando-se à sua mesa por oito horas diárias para produzir contos, crônicas, artigos e romances, não importando onde estivesse. Sua infância difícil deixou marcas, sendo acometido por depressão e dado a beber em demasia. Foi desastrado nos negócios, mas viveu como seus personagens, com brio até a morte em 22 de novembro de 1916, com apenas quarenta anos, no Rancho do Lobo, que ainda não tinha acabado de construir na Califórnia.

1

À caça de comida

A floresta de abetos se estendia dos dois lados do rio congelado. As árvores tinham perdido sua cobertura de neve por conta de um vento recente e estavam negras na luz do final do dia. Um silêncio profundo envolvia toda a paisagem. Era inverno no Ártico. Parecia que tudo naquela terra desolada, gelada, sem movimento, estava morto.

Mas não estava. Uma fileira de cães com aparência de lobos puxava um trenó pelo leito do rio congelado, o vapor de sua respiração visível no ar e transformando-se em gelo brilhante em seus longos pelos. O pesado trenó levava uma longa caixa e vários utensílios de acampamento, como cobertores, um machado, um bule e uma frigideira. Na frente do trenó um homem caminhava com largos sapatos de neve e atrás seguia um outro. Dentro da longa caixa ia um terceiro, que não precisava mais se esforçar para nada. O norte selvagem havia vencido a batalha contra o homem. Como quase tudo ao redor, ele estava frio e imóvel.

Os dois homens ainda vivos caminhavam sem conversar, hora após hora. O pálido e curto dia polar, que tinha passado sem que o sol se mostrasse acima do horizonte, estava aos poucos terminando quando eles ouviram um uivo. Parecia o protesto de uma alma penada, tão longo e agudo foi o chamado, mas os dois homens detectaram também a fome do animal que chamava.

Olharam um para o outro por cima do caixão. Um outro uivo encheu o ar, vindo de trás deles. Um terceiro respondeu, em algum lugar na neve que eles tinham acabado de atravessar.

– Eles estão atrás da gente, Bill – disse o homem da frente com a voz rouca de quem não falava fazia tempo.

– Não tem muita caça – respondeu seu colega. – Faz dias que não vejo o rastro de coelhos.

Não falaram muito depois disso, mas ficaram de ouvidos alertas para os uivos de caça que vinham de trás deles.

Quando escureceu, os dois homens conduziram os cães até um aglomerado de abetos na margem do rio e montaram acampamento. O caixão colocado na beira do fogo serviu de mesa e assento. Os cães do outro lado da fogueira rosnavam entre si mas não mostravam nenhuma vontade de aventurar-se pela noite.

– Olhe só, Henry – disse Bill. – Hoje eles não querem sair de perto de nós.

Henry concordou enquanto colocava um bloco de gelo para derreter dentro do bule de café:

– Eles preferem comer do que virar comida. Muito espertos, esses cachorros.

Bill sacudiu a cabeça.

– Sei não – disse, enquanto mastigava seus feijões.
– Você reparou na barulheira que fizeram quando fui dar o jantar deles?

– Estão agitados – respondeu o colega.

– Quantos cães nós temos, Henry?

– Seis.

– Bem – refletiu Bill. – Eu tirei seis peixes do saco e dei um para cada cachorro. Mas ficou faltando um peixe.

– Você contou errado.

– Contei certo, mas ficou faltando o peixe do Sem Orelha. Tive de pegar mais um para ele.

– Nós só temos seis cachorros.

– Mas nem todos eram cães na hora em que dei a comida. Um saiu correndo pela neve.

Henry olhou para o companheiro de viagem com pena.

– Acho que você está impressionado com a carga que estamos levando. Está vendo coisas.

– Também achei, por isso fui olhar o chão. Contei nossos cachorros e vi rastros na neve. Pode ir olhar.

Henry acabou de comer e tomou uma caneca de café. Um longo uivo atravessou a noite.

– Você acha que foi um deles?

Bill concordou, enquanto novos uivos vinham de todos os lados. Jogou mais lenha na fogueira e acendeu seu cachimbo.

– Esse camarada aí tem mais sorte que a gente – apontou para o caixão. – Duvido que alguém sequer ponha pedras em cima do meu cadáver quando eu morrer.

– Nós não temos posses como ele. Um funeral a longa distância não é para gente como nós – comentou Henry.

– Queria saber o que um sujeito rico como esse aí, acho que era um lorde, veio fazer nesse fim de mundo.

– Se tivesse ficado na terra dele, ainda estaria vivo – concordou o amigo.

Bill apontou para a escuridão em volta do fogo. Não dava para ver nada, apenas um par de olhos brilhando como brasas. Henry indicou outros pares com a cabeça.

Os cães tiveram um ataque de medo e passaram para o mesmo lado da fogueira onde os homens estavam sentados, encostando-se em suas pernas.

– Mas que falta de sorte estarmos sem munição! – reclamou Bill, ajudando o companheiro a estender uma pele sobre os gravetos que Henry tinha cortado e espalhado sobre a neve.

– Quantas balas você ainda tem?

– Três. Queria ter trezentas para mostrar só uma coisa a essas pestes.

Os dois tiraram os mocassins e os colocaram com cuidado em frente à fogueira para secar. Bill continuou a esbravejar:

– Queria também que esse frio melhorasse! Faz duas semanas que a gente está aguentando cinquenta abaixo de zero! E queria que a gente não tivesse aceitado essa viagem. Estou com um sentimento ruim.

Henry grunhiu e se enfiou debaixo dos cobertores.

– Pare de reclamar tanto e vá dormir. Você deve estar com azia, amanhã vai estar melhor.

Os dois caíram num sono profundo debaixo do mesmo cobertor. O fogo foi diminuindo e os pares de olhos chegando mais próximos. Os cães fizeram tanto barulho a umas tantas que Bill acordou e colocou mais lenha na fogueira. Olhou para os cães e os contou.

– Henry?

– O que é?

– Tem sete deles. Acabei de contar.

Henry deu um grunhido e caiu de novo no sono. De manhã, foi ele o primeiro a levantar. Eram seis horas, mas ainda estava escuro; a luz só iria aparecer bem mais tarde. Preparou o café enquanto Bill acordava e arrumava o trenó para a viagem.

– Sabe quantos cães nós temos? – perguntou Bill.

– Seis.

– Errado.

– Sete de novo?

– Cinco. O Gorducho sumiu.

– Mas que inferno!

– Ele sempre foi um cachorro meio besta.

– Deve ter virado comida em segundos.

– Nenhum dos outros ia ser tão idiota de se afastar do fogo e cometer suicídio desse jeito.

2

A loba

Depois do café, os dois atrelaram os cães que restavam ao trenó e recomeçaram a caminhada.

Às nove da manhã, o dia clareou. Ao meio-dia, o céu ficou rosado na direção do sul, mas em poucos minutos a luz voltou ao cinzento do crepúsculo. Às três da tarde, começou a longa noite do Ártico.

Com a escuridão, os uivos de caça foram chegando mais perto, deixando os cães em pânico. Às seis, os homens pararam mais uma vez.

Henry estava colocando gelo na panela para esquentar o feijão quando ouviu um xingo e um grito de dor de um cão. Viu quando um vulto se afastou correndo pela neve. Bill segurava a metade de um peixe numa das mãos e um galho grosso na outra.

– Ele pegou um pedaço, mas consegui acertar uma paulada. Você ouviu?

– Que jeito ele tinha? – perguntou Henry.

– Parecia um cachorro como os nossos.

– Talvez seja um lobo domesticado.

Depois do jantar, quando fumavam seus cachimbos, Bill começou a reclamar de novo. Henry perdeu a paciência e sugeriu que tomasse uma colher de bicarbonato para resolver a acidez de seu estômago.

Na manhã seguinte, Bill começou o dia com violentos xingamentos.

– O que foi agora? – perguntou Henry.

– O Sapo sumiu!

Henry levantou rápido e juntou-se ao seu colega nos xingamentos raivosos. Menos um cão para puxar o trenó!

– Sapo era o mais forte de todos – declarou Bill.

– E não era nada tonto.

Tomaram o café da manhã em silêncio e amarraram os animais ao trenó. Passaram o dia como os anteriores, caminhando sem falar pelo rio congelado, acompanhados pelos uivos dos lobos. Os cães, assustados, mais de uma vez entrançaram as tiras do trenó, dando mais trabalho aos homens para liberá-los.

De noite, Bill resolveu tomar providências. Amarrou todos os cachorros usando o método dos índios: no pescoço de cada animal enrolou uma tira de couro como uma coleira, e a ela prendeu um galho forte. Atou a outra ponta de cada galho a um tronco que enterrou no chão. O cão assim não conseguia morder nem a tira em seu pescoço, nem a tira que prendia o galho ao chão.

Henry fez um gesto de aprovação.

– Só assim dá para segurar o Sem Orelha – comentou. – Ele consegue morder couro como se tivesse uma faca. Desse jeito vai estar aqui amanhã de manhã.

– Aposto que sim. Se um deles escapar, fico sem tomar café – prometeu Bill.

– Eles sabem que estamos sem munição – Henry comentou quando se deitaram, mostrando os pares de olhos cada vez mais próximos do fogo. – Se a gente tivesse como dar uns tiros, eles iam mostrar muito mais respeito.

Os dois ficaram observando os vultos na escuridão, parados, olhando para eles.

Sem Orelha começou a ganir no meio dos cães, tentando escapar do galho que o prendia. Puxava e depois mordia a madeira, ansioso.

– Olhe só, Bill.

Um animal aproximou-se do fogo com passos cautelosos, observando os homens, mas ousando chegar perto dos cães. Sem Orelha esticou-se todo na direção do invasor.

– O Sem Orelha não parece estar com medo – comentou Bill.

– É uma loba – Henry respondeu. – Por isso o Gorducho e o Sapo foram atrás dela. Ela é a isca, depois o bando inteiro ataca.

– Henry, foi esse o bicho em que eu dei uma paulada – refletiu Bill. – Como é que pode um lobo estar assim tão acostumado com um acampamento?

– Um lobo que se mistura aos cachorros na hora da comida com certeza já conviveu com gente.

– O cachorro do Villan uma vez fugiu e ficou três anos vivendo com os lobos. Eu mesmo vi.

– Acho que é isso mesmo, Bill. Essa loba é uma cadela.

De manhã, Henry reavivou o fogo para preparar o café enquanto seu companheiro ainda roncava.

Quando levantou, Bill começou a comer, ainda sonolento. Estendeu a mão para o bule de café, mas Henry o afastou.

– Você não está esquecendo alguma coisa?

– O café acabou?

– Não.

– Então o que foi?

– Rosnado sumiu.

– Mas como?

Henry deu de ombros.

– Sei lá. Vai ver que o Sem Orelha mordeu a correia dele, porque sozinho ele não ia conseguir escapar.

– Mas que maldito!

– Agora ele deve estar na barriga de uns vinte lobos correndo por aí. Você quer café? – provocou o colega.

– Não! Eu disse que não ia tomar se um dos cachorros sumisse! – reclamou Bill com raiva, terminando sua refeição a seco. – De noite vou amarrar um longe do outro.

Assim que começaram a caminhar, Henry se curvou e pegou um objeto em que tinha pisado na neve. Depois o atirou para o companheiro por cima do trenó. Era o galho com que Rosnado tinha sido preso.

– Eles comeram tudo, até as tiras de couro! – exclamou Bill. – Com que fome eles estão! É bem capaz de comerem a gente antes do fim dessa viagem.

Henry deu risada e disse:

– Nunca uma alcateia me seguiu, mas já me aconteceu coisa pior, muito pior. Não será um bando de bichos sem-vergonha que vai dar fim nesse seu colega aqui.

– Não sei não – disse Bill sem entusiasmo.

– Você está precisando de quinino. Quando chegarmos ao Forte McGurry, vou dar uma boa dose a você.

O dia correu como os outros. Ao meio-dia, Bill tirou o rifle do trenó.

– Continue andando, Henry. Vou dar uma olhada.

– Melhor ficar perto do trenó. Três balas é muito pouco.

Henry continuou e Bill o alcançou mais tarde, aproveitando que podia cortar caminho por onde o trenó não passava.

– Eles estão acompanhando a gente e procurando caça ao mesmo tempo. Estão muito magros, dá para ver os ossos, suas barrigas estão quase encostando nas costas. Fora os nossos cachorros, não devem ter comido nada em semanas. Parecem desesperados.

Alguns minutos mais tarde, Henry, que agora caminhava atrás do trenó, deu um assobio. Bill olhou e parou os cachorros. Atrás deles, bem à vista, estava a loba.

Ela chegou cada vez mais perto, parando algumas vezes para estudar os homens. Seu olhar atento parecia o de um cão, mas sem qualquer afeto. Era um animal grande para um lobo.

– Deve ter uns oitenta centímetros até o ombro – comentou Henry. – E um metro e meio de comprimento.

– Tem uma cor avermelhada, estranha para um lobo.

O pelo tinha a cor cinzenta dos lobos, com uma ligeira tonalidade vermelha. O bicho não demonstrava o menor medo dos homens.

Bill foi com cuidado até o trenó e puxou o rifle. Daquela distância, seria um tiro certeiro. Mas, antes que erguesse a arma até o ombro, a loba já tinha desaparecido entre as árvores.

– É claro que uma loba como essa já viu um pau de fogo – comentou Bill. – Mas eu vou pegar essa maldita. É ela a culpada de estarmos só com três cachorros. Vou ficar de tocaia para ver se mato esse bicho.

– Tome cuidado – Henry recomendou. – Do jeito que eles estão famintos, você não vai conseguir parar o bando todo com três balas.

Acamparam mais cedo aquela noite. Em menor número, os cães estavam cansados de puxar a carga e não aguentaram tantas horas de viagem.

Bill amarrou cada um longe do outro para que não se soltassem. Mas os lobos estavam mais audaciosos, chegando tão perto que Bill precisou levantar no meio da noite para reavivar a fogueira.

– Já tinha ouvido marinheiros falarem de tubarões que acompanham navios – comentou ao voltar para as cobertas. – Parece que esses lobos aqui são tubarões de terra. Eles estão atrás da gente porque sabem que vão acabar nos pegando, Henry.

– Eles já conseguiram metade se você ficar falando desse jeito – respondeu Henry. – Quem diz que já perdeu está quase lá.

– Eles conhecem essa terra. Já pegaram gente mais esperta do que nós.

– Ah, chega de reclamar! Não aguento mais seu chororô.

Henry virou-se com raiva e ficou surpreso quando o companheiro não disse nada. Bill estava mesmo melancólico, era raro não reagir a uma boa briga.

3

A fome

O dia começou bem, já que nenhum cão tinha sumido. Os homens partiram mais uma vez pelo rio e Bill até brincou com os cachorros quando, ao meio-dia, viraram o trenó ao passar por cima de uma pedra.

Os dois homens precisaram desatrelar os animais para tirar o trenó preso entre uma pedra e uma árvore e desvirá-lo. Estavam no meio do trabalho quando perceberam que Sem Orelha se afastava.

– Venha cá, Sem Orelha! – chamou Henry.

Mas o cão disparou pela neve. Logo atrás deles, parada à espera, estava a loba.

Quando chegou perto, Sem Orelha diminuiu a velocidade e depois parou, tomado pela cautela. Olhou para a fêmea com dúvida, apesar de óbvio interesse. Ela mostrou os dentes de um jeito amigável como se sorrisse, deu alguns

passos na direção dele, depois se deteve. Sem Orelha se aproximou, o rabo e as orelhas espetados para o alto em alerta.

A loba foi convidando e recuando aos poucos, ora encostando rapidamente o focinho no macho, ora dando alguns passos para trás, para longe da companhia dos homens e dos outros cães.

Sem Orelha deu ainda uma olhada para o trenó e os homens que chamavam por ele, como se sentisse um vago alerta, mas continuou sua corte à fêmea.

Bill quis atirar, mas até conseguir pegar seu rifle debaixo do trenó virado, Sem Orelha já tinha chegado perto demais da loba. Um tiro poderia atingir os dois.

De repente, Sem Orelha se deu conta de seu engano. Ele virou e começou a correr de volta na direção dos homens, mas um grupo de lobos surgiu da direita, colocando-se entre o cão e o resto de seu grupo. A loba perdeu no mesmo instante toda a aparência de cortejo e pulou na direção dele. Sem Orelha desviou-a com o ombro e saiu em disparada, tentando dar a volta pela frente dos perseguidores.

Bill entrou pelo meio dos arbustos que ladeavam o rio congelado com uma intenção clara. Queria chegar até o bando de lobos que estavam se colocando entre o trenó e Sem Orelha. Com alguns tiros bem dados à luz do dia, talvez conseguisse impedir que alcançassem o cachorro.

– Tome cuidado, Bill – recomendou o colega. – Não se arrisque.

Henry sentou no trenó e ficou assistindo sem poder fazer nada. Viu Sem Orelha correndo pelo meio dos abetos, perfeitamente consciente do perigo, mas achou que o cão não tinha chance. Ele estava fazendo um círculo até o trenó, enquanto os lobos cortavam por dentro do mesmo círculo. Era quase impossível que fosse tão mais rápido que os lobos a ponto de alcançar a segurança.

Perto do ponto de encontro das duas trajetórias estava Bill, escondido da vista de Henry. De repente, aconteceu. Ele ouviu um tiro, depois mais dois, em rápida sucessão. Bill estava agora sem munição. Depois ouviu muitos ganidos e rosnados. Reconheceu um grito de dor de Sem Orelha e outro de um lobo. Depois os gritos cessaram e a paisagem voltou a ficar silenciosa.

Henry ficou sentado no trenó por muito tempo, sabendo o que tinha acontecido sem precisar ir até lá olhar. Os dois cães que restavam tremiam encostados em suas pernas. Com muita lentidão, atrelou os animais ao trenó e os ajudou a puxar a pesada carga. Antes que anoitecesse completamente, parou e recolheu bastante lenha para a fogueira.

Não conseguiu dormir. Os lobos agora chegavam bem perto, detendo-se apenas pelo medo do fogo. Cada vez que se aproximavam, ele atirava um galho em brasa, de vez em quando ouvindo um ganido de dor por ter acertado o alvo.

De manhã, exausto, cortou troncos finos e trançou uma espécie de plataforma no alto de uma árvore. Usou então as correias do trenó para, com a ajuda dos cães, içar o caixão até a sepultura improvisada e lá deixá-lo, fora do alcance da matilha.

– Eles pegaram o Bill e talvez me peguem, mas não a você, meu jovem – declarou ao corpo que jazia na árvore.

Depois apressaram-se pelo rio, ele e os cães, sabendo que a única salvação seria atingir o forte. Os lobos agora acompanhavam o reduzido grupo de perto, sem tentar se esconder, as línguas vermelhas de fora, as costelas aparecendo na pele. Era impressionante como conseguiam se mover, tão esquelética era sua aparência.

Ao meio-dia o sol mostrou uma lasquinha de seu círculo dourado acima do horizonte, deixando Henry muito animado com o bom presságio. Assim que a luz cinzenta se extinguiu, ele parou e recolheu muita madeira para o fogo.

A noite foi horrível. Quanto mais cansado ficava o homem, mais audaciosos se tornavam os lobos. Chegaram tão perto, com tanta certeza de que iam jantá-lo, que Henry começou a apreciar todos os detalhes de seu próprio corpo. Estava fazendo uma despedida, pela primeira vez admirando como suas mãos eram eficientes e que desastre seria que elas fossem devoradas por aqueles carnívoros.

De manhã, os lobos não se afastaram. Quando Henry experimentou sair de perto do fogo para retomar o caminho, um deles deu um bote em sua direção. O homem pulou para trás e protegeu-se jogando galhos acesos na direção dos animais.

Com a ajuda das tochas, conseguiu ir até uma árvore e a derrubou para ter mais lenha. Os lobos agora o cercavam com insistência, arriscando atacar toda vez que o homem parecia cambalear de sono. Henry teve o prazer de enfiar um galho em brasas na boca de um animal, mas sabia que não conseguiria ficar alerta mais tempo.

Sonhou que estava no forte, mas o vento uivava sem parar. Acordou de repente cercado dos uivos de um ataque e levou uma mordida no braço. Henry pulou para dentro do fogo sem pensar, usando as grossas luvas como proteção para apanhar carvões em brasa e atirá-los em seus atacantes. Seu rosto inchou no calor, as sobrancelhas e cílios queimaram. Pegou dois galhos e saiu de dentro da fogueira quando não aguentou mais.

Em volta da fogueira, a neve estava coberta de brasas. De vez em quando um lobo gania ao pisar numa delas, e pulava para longe. Henry colocou as luvas na neve para esfriá-las e percebeu que os dois últimos cães

haviam desaparecido, com certeza o aperitivo antes do prato principal que era ele próprio.

Resolveu então construir um círculo de fogo, colocando-se no centro. Sentou-se sobre a pele que usava como cama, para não se molhar com a neve que começou a derreter.

A matilha não compreendeu o que tinha acontecido com o homem e aproximou-se do fogo, os lobos estendendo-se no calor como cachorros. A loba apontou o focinho para o alto e uivou de fome, sendo acompanhada pelo bando inteiro.

De manhã o fogo estava baixo, mas foi impossível para o homem sair em busca de mais lenha. Os animais não se afastavam mais, apenas desviavam dos galhos em brasa que ele atirava. Um macho deu um bote, mas caiu com as quatro patas nas brasas, gritando de dor. Recuou apressado para a neve e ficou rosnando.

Henry sentou-se novamente e desistiu de lutar. Relaxou os ombros e acompanhou enquanto o fogo ia diminuindo e abrindo espaço. Caiu no sono.

Abriu os olhos e viu a loba bem na sua frente, dentro do círculo, encarando-o. Quando acordou novamente, sentiu algo diferente. Não conseguiu entender o que tinha acontecido com os lobos. Só viu pegadas na neve, bem próximas de seu corpo.

Levou um susto com gritos humanos e os ruídos de quatro trenós puxados por cães. Meia dúzia de homens se aproximaram do acampamento, perguntando o que tinha acontecido. Henry estava cansado demais para explicar.

– A loba comeu o peixe dos cachorros, depois os cachorros, depois o Bill.

– Onde está lorde Alfred? – perguntou um dos recém-chegados.

– Ela não o comeu.

Henry explicou onde tinha deixado o caixão e caiu no sono de novo, roncando mesmo enquanto o embrulharam num cobertor e colocaram num dos trenós.

Ao longe a matilha soltou um uivo de fome, agora perseguindo outra presa em lugar do homem que não tinham conseguido pegar.

4

A batalha

A loba foi a primeira a ouvir as vozes dos homens e os sons dos cães que puxavam os trenós. Foi ela a primeira a desistir do homem encurralado dentro do círculo de fogo. A alcateia não queria abandonar a chance de uma refeição e esperou vários minutos até ter certeza do significado dos ruídos. Depois seguiram os rastros da loba.

Na frente da matilha seguia um lobo grande e cinzento, um dos vários líderes do bando. Ele não permitia que nenhum outro lobo corresse na sua frente, ameaçando com seus dentes os jovens descuidados. Mas acompanhava a loba com prazer, chegando sempre que podia perto dela.

A fêmea não apreciava a proximidade, rosnando e mostrando os dentes para o líder. Ele não reagia, limitando-se a afastar-se para não ser mordido.

Do outro lado dela costumava correr um lobo mais velho, com apenas um olho. Ele também tocava a loba com seu focinho sempre que podia, sendo igualmente rechaçado. Vez ou outra, os dois machos se aproximavam ao mesmo tempo, obrigando a fêmea a distribuir mordidas rápidas e certeiras para afastar a ambos. Os dois então rosnavam um para o outro.

Havia ainda um jovem lobo de três anos de idade, já crescido mas ainda não muito experiente, que respeitava o velho lobo de um olho, contudo tentava se aproximar da fêmea por trás. Porém, quando sua manobra era percebida, o jovem incauto se via rechaçado não somente pela loba, como também pelos dois machos, todos sem qualquer timidez em enterrar seus dentes afiados na pele do pretendente.

A confusão que essas trocas causavam na frente da matilha atrapalhava o passo de todo o grupo, gerando brigas entre vários animais. Fome e mau humor trotavam lado a lado pelas planícies geladas do Ártico.

A matilha correu por vários quilômetros naquele mesmo dia e durante toda a noite, procurando algum sinal de vida na paisagem desolada que lhes permitisse continuar vivendo.

Atravessaram riachos e vales antes de finalmente encontrar o que precisavam: um alce. Era um macho grande, saudável, e os lobos se jogaram no ataque sem esperar mais um minuto. Ali estava uma presa com chifres e cascos que eles compreendiam, não galhos voadores em fogo.

O alce se defendeu com fúria, dando coices certeiros, pisoteando com seus cascos afiados e perfurando com chifres igualmente perigosos os animais que o rodearam. Matou vários lobos, mas eles eram muitos e acabaram por derrubá-lo, sendo a loba a primeira a rasgar a garganta da grande presa. Ele começou a ser devorado antes mesmo de cair morto no chão.

Finalmente houve comida para todos. O alce pesava mais de quatrocentos quilos, o que dava a cada lobo dez quilos de carne. Eles devoraram tudo, deixando apenas uns ossos espalhados sobre a neve algumas horas depois.

O bando descansou e dormiu. Nos dias seguintes, começou a separar-se. Agora que estavam num local onde havia caça, não precisavam mais permanecer juntos em tão grande número. Vários casais foram se desgarrando, seguindo seus próprios caminhos.

Junto da loba permaneceram o líder, o velho lobo de um olho e o jovem ambicioso. O humor da fêmea estava ainda pior, e os três machos exibiam marcas de seus dentes pelo corpo. Eles nunca reagiam quando ela atacava, apenas desviavam e tentavam aplacá-la com abanos de rabo e pulinhos na neve. Mas entre si mordiam-se com fúria, até que o jovem ambicioso resolveu aproveitar a fraqueza do velho lobo e rasgou a orelha de

seu lado cego. O mais experiente não aguardou um segundo ataque, reagindo de pronto.

Para azar do jovem, o líder se juntou ao mais velho, e os dois juntos foram sistemáticos na destruição do competidor. Não eram mais uma matilha caçando junta, mas machos competindo pelas atenções de uma fêmea.

A loba sentou-se e assistiu à batalha, em que o jovem lobo perdeu a vida. Os dois machos olharam para ela sobre o corpo caído do rival, mas o mais velho era também o mais sábio. Quando o líder abaixou a cabeça para lamber uma ferida, o velho atacou de um salto a sua garganta, abrindo as artérias com os dentes. O líder reagiu e mordeu de volta, mas tombou sem vida depois de perder muito sangue.

Caolho então se aproximou da fêmea, triunfante mas ainda cauteloso em relação a ela. A loba permitiu pela primeira vez que o velho macho se aproximasse, encostando o focinho no dele. Os dois deram saltos como

filhotes que brincam e perseguiram-se em provocação pelos bosques. Caolho esqueceu a batalha, exceto pela dor que sentia nas pernas que tinham sido feridas.

A partir daquele dia caçaram juntos em parceria, comendo e dormindo na companhia um do outro. Não ficaram num lugar só, mas foram voltando até o rio Mackenzie, acompanhando o grande curso-d'água enquanto perseguiam suas presas. Algumas vezes encontraram casais de lobos, que não se aproximaram; em outras, machos solitários, que tentaram se juntar aos dois. A loba, no entanto, encostava no ombro de Caolho e exibia seus dentes em ameaça junto com ele, espantando assim os pretendentes solteiros.

A loba começou a procurar por alguma coisa na base das árvores e entre as pedras. Caolho não sabia o que era e não se interessava, mas aguardava com paciência até ela decidir seguir em frente.

Certa vez chegaram a uma clareira onde homens e cães faziam grande alarde. Havia fogueiras acesas e grandes tendas, e os cheiros que chegaram aos narizes sensíveis dos lobos indicavam todas as atividades de uma tribo de índios. Caolho quis se afastar, assustado, mas a loba permaneceu olhando com atenção. Parecia querer se aproximar do burburinho dos homens.

Caolho chamou-a com insistência, e ela acabou por segui-lo, sentindo de novo a urgência de encontrar alguma coisa.

5
O ninho

A loba estava cada vez mais pesada e não conseguia correr com a mesma rapidez. Ao perseguir uma lebre que antes teria apanhado com facilidade, precisou parar e descansar. Caolho se aproximou e tocou seu pescoço com o focinho, mas a loba reagiu com tanta fúria que ele tropeçou ao procurar fugir das mordidas. Ela estava mais mal-humorada do que nunca.

Até que um dia, na margem de um riacho que no verão desaguava no rio Mackenzie, mas agora estava congelado como uma pedra, ela encontrou um trecho corroído pela ação das águas e do gelo. Na parede dessa margem havia uma pequena caverna com uma entrada estreita. A loba cheirou e se aventurou a entrar, arrastando-se por um metro até chegar a uma câmara circular de mais ou menos dois metros de diâmetro, o teto um pouco acima de sua cabeça. O lugar era seco e aconchegante. Ela inspecionou cada centímetro, enquanto Caolho aguardava com paciência na entrada.

A loba circulou algumas vezes e por fim suspirou, deitou e relaxou. Abriu a boca e soltou a língua, mostrando que estava satisfeita.

Caolho deitou na entrada e dormitou, mas estava com fome. O mundo ensolarado de abril o chamava com cheiros e sons de vida. A primavera estava chegando e ele sentia que as plantas voltavam a encher-se de energia para brotar.

Ouviu um zumbido agudo. Na sua frente viu um

mosquito adulto, que havia passado o inverno hibernando em um tronco e agora tinha voltado à vida com o calor do sol. Não resistiu mais e saiu sozinho da toca, já que a loba recusou-se a caçar com ele.

A neve tinha ficado mais mole sob o sol brilhante, e era difícil andar sobre ela. Encontrou alguns coelhos, mas não conseguiu pegar nenhum. A neve cedeu sob seu peso e ele afundou, enquanto os animais mais leves escaparam a toda velocidade. Quando voltou à toca algumas horas depois, ainda estava com fome.

Lá dentro a loba rosnou um aviso. Ele ouviu alguns sons fracos, que o fizeram lembrar de outras épocas de sua longa vida. Na penumbra da toca percebeu cinco bolinhas vivas, fracas e sem visão entre as pernas da loba.

A loba olhou para ele com atenção. Quando ele se aproximava demais, ela rosnava. Não tinha memória de nenhum acidente, mas seu instinto dizia que alguns pais devoravam os recém-nascidos.

Caolho não representava perigo. Sentiu um impulso equivalente ao dela e saiu da toca mais uma vez para procurar comida. Acompanhou o riacho até o ponto onde bifurcava e encontrou rastros recentes. Como a pegada era muito maior que a sua, soube que ali não haveria carne para caçar.

Seguiu para o outro lado e ouviu o som de dentes roendo algo. Aproximou-se com cuidado e espreitou um porco-espinho mastigando a casca de uma árvore. Caolho chegou mais perto sem muita esperança, visto já conhecer aquela espécie. Nunca tinha conseguido caçar um daqueles, mas arriscou-se a tentar.

O animal encolheu-se como uma bola, exibindo espinhos para todos os lados. Caolho tinha chegado perto de uma bola semelhante quando era jovem e de repente o bicho havia batido a cauda contra o seu focinho. Um dos espinhos tinha ficado preso em sua pele por semanas, causando uma dor ardida até o dia em que finalmente se desprendeu. Assim, Caolho acomodou-se a uma boa distância do pequeno animal e ficou observando. Talvez o porco-espinho se mexesse e deixasse à mostra sua barriga desprotegida.

Depois de meia hora, o lobo se levantou e foi à procura de algo mais promissor. Mais adiante deu de encontro com um galo silvestre sentado em um tronco. A ave deu um salto, mas Caolho atingiu-a com uma patada, mordendo seu pescoço em seguida, antes que conseguisse alçar voo. Começou a comê-la, mas seu instinto o fez lembrar-se de levar a carne para sua família.

Na volta para a toca, encontrou o animal que havia deixado as grandes pegadas no caminho aquela manhã. Era um lince fêmea, acocorada como ele havia feito diante do porco-espinho ainda encolhido. Caolho se aproximou como uma sombra silenciosa, depositou o corpo do galo na neve e ficou assistindo.

Os três permaneceram imóveis por uma hora, sem mexer um músculo, até que a pedra em que se transformara o porco-espinho se moveu, mostrando que o animal pensava que seu inimigo tinha ido embora. Bem devagar foi desenrolando sua armadura impenetrável e esticando-se. Caolho sentiu a boca encher-se de água.

Nem bem o porquinho tinha se esticado e percebeu o inimigo. Nesse momento, o lince atacou com um golpe mais rápido que um raio. A pata com as unhas estendidas bateu contra a barriga do animal e voltou. Se o porco-espinho tivesse se desenrolado por completo, a pata do lince teria escapado ilesa, mas ele teve tempo de dar um golpe com a cauda, cravando muitos espinhos na grande felina.

Foi tudo ao mesmo tempo – o golpe, a reação, o grito de agonia do porco-espinho, o berro de dor da felina surpresa. Caolho levantou-se excitado, o rabo esticado e tremendo de interesse.

O lince cedeu ao mau humor e atacou aquilo que o havia machucado, fazendo com que o porco-espinho, apesar de muito ferido, brandisse de novo sua cauda e mais uma vez enterrasse espinhos em seu inimigo.

O lince saltou para trás e espirrou, seu focinho cheio de espinhos como uma almofada de alfinetes. A grande felina se contorceu e esfregou as patas na cara, raspou-a contra as árvores e a neve, mostrando toda a dor que estava sentindo. Ficou quieta alguns instantes e depois

deu um pulo no ar acompanhado de um berro assustador. Caolho se arrepiou de susto e esperou quieto até a felina se afastar.

Voltou com cautela para perto do porco-espinho e notou que não era mais uma bola perfeita. Ele tinha sido rasgado quase que pelo meio e sangrava muito. O lobo lambeu a neve temperada de sangue e sentiu sua fome aumentar. Mesmo assim esperou enquanto o porco-espinho grunhia e gritava. Algum tempo depois, observou que o animal estava tremendo e os espinhos abaixando, até fazer uma tentativa final de morder o lobo.

Com muito cuidado, Caolho tocou o bicho com a pata e virou-o na neve, mas não houve reação. Ele então o ergueu com os dentes e foi levando para a toca. No caminho lembrou do galo e voltou para devorá-lo. Depois apresentou o porco-espinho para que a loba o inspecionasse.

Ela rosnou menos que de costume e percebeu que ele estava se comportando como um lobo pai devia.

6

O lobinho cinzento

Ele era diferente de seus irmãos e irmãs. Todos os outros haviam herdado o tom avermelhado do pelo da mãe, mas ele era perfeitamente cinzento como o pai, com a verdadeira cor de um lobo. Era também o mais forte da prole, rosnava mais alto e logo aprendeu o truque de rolar seus irmãos com uma patada bem dada e morder a orelha deles quando se irritava.

Depois de um mês de vida, já tinha aberto os olhos e começava a comer a carne semidigerida e regurgitada por sua mãe, que não era mais capaz de alimentar os cinco apenas com seu leite. Foi o lobinho cinzento quem primeiro descobriu que uma das paredes de seu mundo era diferente – aquela de onde vinha luz – e para lá passou a dirigir-se com insistência, obrigando sua mãe a vigiá-lo com atenção.

Como quase todos os animais selvagens, o lobinho passou por um período de fome. Seu pai deixou de trazer carne e o leite de sua mãe secou. No começo, os filhotes choraram e ganiram, depois dormiram até entrar em coma. Pararam de se mexer e rosnar, pararam de choramingar. Aos poucos foram morrendo.

Caolho ficou desesperado. Procurou caça por muitos quilômetros ao redor e a loba saiu da toca para acompanhá-lo, mas sofreram até encontrar algo. Quando o lobinho voltou à vida, tinha apenas uma irmã. Conforme foi ficando mais forte, teve que brincar sozinho, pois ela não respondia às suas provocações. Ele engordou com a carne que seus pais trouxeram, mas para ela o alimento veio tarde demais. Dormiu até perder a vida.

O pai do lobinho desapareceu após um novo período de fome. A loba sabia por quê. Caolho não retornara, mas não tinha como contar ao filhote. Quando saiu para caçar, ela seguira as pegadas dele ao longo da bifurcação para a esquerda do riacho onde vivia o lince. Encontrara sinais de uma batalha e os restos do velho macho. A loba tinha sentido o cheiro do lince em sua toca e se afastou. Agora evitava aquele lado do riacho.

Sabia que a felina tivera filhotes e que era uma oponente perigosa. Um bando de lobos era capaz de acuar um lince e obrigá-lo a subir numa árvore, mas uma loba solitária não era páreo para um lince fêmea com uma ninhada de filhotes famintos.

O lobinho aproveitou as ausências da mãe e finalmente conseguiu explorar a parte da toca que tinha luz. Apesar de sentir medo e saber que a loba não queria que ele fosse por ali – muitas vezes ela o tinha impedido com a pata – era uma lei natural de seu crescimento que ele fosse inspecionar o que não conhecia.

Meio sem entender, entrou pela parede de luz e saiu da toca para um mundo brilhante e enorme. Olhou em volta para as árvores na beira do riacho, o céu e as montanhas ao longe. Sentiu medo e rosnou para tudo aquilo. Nada aconteceu. O lobinho olhou para baixo e viu a rampa que descia da boca da toca até o riacho. Como só conhecia o chão plano, deu um passo no ar sem entender o que estava fazendo e rolou pela encosta.

Ganiu como qualquer filhote assustado até chegar lá embaixo. Depois levantou e se lambeu, espantado de ter sobrevivido a um ataque de algo desconhecido. Inspecionou com o cuidado de um visitante de outro mundo a grama abaixo de suas patas, a amoreira mais adiante e o tronco morto de um pinheiro que tinha sido atingido por um raio. Um esquilo deu a volta no tronco e topou com o filhote, ficando os dois muito assustados. O roedor subiu correndo pela árvore e lá do alto chiou seu protesto.

O lobinho se animou com essa reação e continuou sua exploração, levando novo susto ao encontrar um pica-pau, mas seguindo em frente. Foi então com confiança que estendeu sua pata para tocar um gaio que pousou ao seu lado. A ave não gostou e bicou-lhe o focinho, fazendo com que o lobinho se encolhesse e ganisse sem parar.

Continuou a andar de forma desajeitada, tropeçando em pedregulhos e galhos no chão, e teve sorte de principiante nessa sua primeira aventura no mundo. Tentou caminhar sobre um tronco tombado e a madeira podre cedeu, fazendo com que rolasse e caísse dentro de um ninho de galos silvestres. Havia sete pintinhos ali, que fizeram muito barulho quando ele apareceu.

O lobinho se assustou, mas logo percebeu que eram muito pequenos. Colocou sua pata em um deles, e o bichinho se debateu. O instinto de predador aflorou. O lobinho cheirou a ave, pegou-a na boca e finalmente mordeu. Sentiu o sangue escorrer e achou bom. Era carne como a que sua mãe lhe dava, porém viva entre seus dentes. Comeu todos os pintinhos e lambeu a boca como sua mãe fazia.

Quando estava saindo do meio dos arbustos, a mãe dos pintinhos chegou. Ela arrepiou todas as penas e sacudiu as asas, atacando o filhote de lobo. Ele se encolheu e ganiu, mas depois se irritou. Mordeu uma das asas com seus dentinhos e segurou com a força que tinha. A ave o atacou com a outra asa e o arrastou para fora dos arbustos. Os dois lutaram como podiam, um tentando puxar o outro, e o lobinho sentiu a exultação de um caçador fazendo o que tinha nascido para fazer.

Finalmente a ave parou e ele rosnou para ela. A galinha silvestre então o bicou no focinho repetidas vezes, até que ele ganiu e a soltou, fugindo em desgraça para longe.

Deitou-se do outro lado da clareira e ficou gemendo, seu focinho ainda dolorido de tantas bicadas. De repente teve uma sensação de perigo e recuou para o meio dos arbustos. Sentiu uma lufada de ar e viu o corpo de uma ave passar na sua frente. Um gavião tinha mergulhado do céu e por pouco não o tinha agarrado.

Enquanto ele se encolhia de medo no meio dos arbustos, a galinha silvestre saiu ainda perturbada de seu ninho destruído. Ela não viu o ataque rápido como um raio vindo do alto, mas o lobinho viu e aprendeu. A ave veio do céu, apanhou a galinha com suas garras, ela soltou um grito de medo e o gavião desapareceu para o alto de novo, levando-a.

O lobinho ficou ali um bom tempo escondido. Tinha aprendido bastante. As coisas vivas se mexiam e eram imprevisíveis. Elas eram também alimento e muito boas de comer. Mas quando eram grandes podiam machucar. Era melhor comer as coisas pequenas como os pintinhos e se afastar das grandes como a galinha.

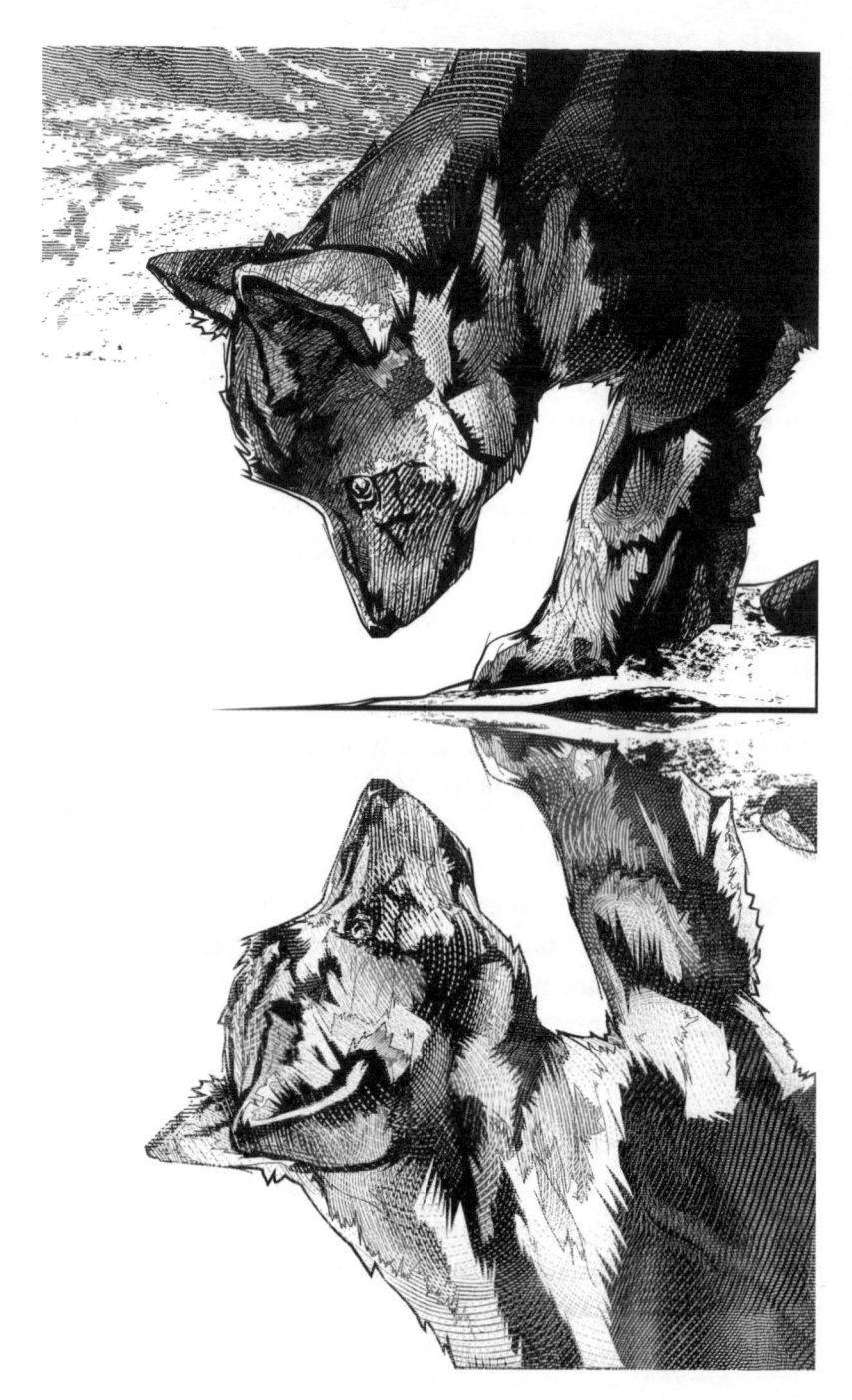

O lobinho acompanhou o banco de areia até o riacho. Ele não conhecia água. Parecia boa de pisar, plana. Ele deu um passo sobre o líquido e afundou, gritando de medo. Estava fria e ele a engoliu quando tentou respirar. Sentiu um medo profundo, imenso, do desconhecido maior que era a morte. Voltou à superfície e conseguiu respirar. Como se já soubesse, mexeu suas patas e saiu nadando. Sem querer, dirigiu-se à margem mais distante e foi levado pela correnteza. Foi pego por um redemoinho e chocou-se contra as pedras, sendo arrastado com violência. A cada choque, gritava. Até que a água o conduziu a uma piscina calma, de onde conseguiu sair ileso.

Cansado de todos os seus esforços, o lobinho desejou que sua mãe aparecesse mais do que qualquer outra coisa no mundo. Num único dia tinha passado por mais aventuras do que durante toda a sua vida. Começou a procurar por ela e pela toca quando ouviu um grito agudo e viu uma mancha amarela pular para longe dele. Era uma doninha, algo pequeno que não lhe causou medo. A seus pés viu um filhote, que também tinha se aventurado pela paisagem e agora tentava se afastar do lobinho. Ele o virou com a pata, mas o animal amarelado voltou, soltando mais um grito ameaçador. O lobinho sentiu um golpe no pescoço e os dentes da doninha rasgando a sua carne.

Ganiu e recuou, vendo a mãe recolher seu filhote e levá-lo para longe. Ele não sabia que, apesar de pequena, a doninha era o predador mais agressivo da floresta. Ainda estava ganindo quando ela retornou, agora sem o filhote. Aproximou-se com lentidão, dando ao lobinho a chance de observar o corpo longo e atlético, a cabeça ereta e alongada. O grito de ataque o deixou alerta, os pelos das costas eriçados. O lobinho rosnou para a atacante.

Ela chegou mais perto e deu um bote súbito, enterrando seus dentes no pescoço do filhote.

Ele até rosnou e tentou lutar, mas ainda era muito novo. Logo passou a ganir e tentar escapar do ataque, sem que a doninha o soltasse. Ela estava tentando morder a sua artéria e beber o sangue que o mantinha vivo.

O lobinho teria morrido e sua história acabado aqui se sua mãe não tivesse aparecido de repente. A doninha largou o filhote e atacou a mãe, mordendo sua mandíbula. A loba sacudiu a cabeça com um gesto brusco e lançou a atacante para o alto. Antes que caísse no chão, apanhou a doninha com os dentes e esmagou seu corpo alongado.

A loba mostrou todo o seu afeto ao filhote, parecendo ainda mais contente de encontrá-lo do que ele a ela. Lambeu suas feridas e o aconchegou, depois os dois comeram a doninha e voltaram à toca para dormir.

7

Os fazedores de fogo

O lobinho cresceu rápido e aprendeu a voltar para a toca cada vez que se arriscava a sair, ampliando suas aventuras. Não teve mais sorte na caça, mas aos poucos foi percebendo o que era e o que não era capaz de fazer. Passou a acompanhar sua mãe em algumas excursões e a aprender com ela quais animais podiam ser caçados e quais eram perigosos. Seu andar tornou-se aos poucos o movimento fluido e sem esforço dos lobos.

Um dia, saiu da toca e desceu até o riacho como tinha feito tantas vezes antes para tomar água. Passou pelo tronco atingido pelo raio, cruzou a clareira e estava andando desatento pelo meio dos arbustos quando de repente deu com cinco criaturas que ele nunca tinha visto, sentadas em silêncio. Elas não rosnaram ou mostraram qualquer reação quando o viram, apenas continuaram em silêncio.

O lobinho nunca tinha visto homens e ficou paralisado. Se fosse mais velho, teria a sabedoria de fugir, mas em sua inexperiência ficou sem ação.

Um dos índios levantou e veio olhá-lo. O lobinho se abaixou o máximo que pôde contra o chão. Aquele ser desconhecido então estendeu a mão para pegá-lo. Os pelos do filhote eriçaram e ele mostrou os dentes. O índio riu:

– Olhem só! Caninos brancos!

Os outros índios riram e lhe disseram para pegar o filhote. Quando a mão desceu na direção do lobinho, ele foi tomado por dois instintos conflitantes: ceder e reagir.

Ele então se encolheu ao máximo e, no último instante, mordeu a mão que o tocou. Levou em seguida um peteleco na cabeça que o fez cair de lado. Perdeu a vontade de lutar, sentou e começou a ganir. O homem no entanto ainda estava irritado e lhe deu um tapa do outro lado da cabeça, fazendo o filhote chorar ainda mais.

Todos caíram na risada, inclusive o índio que tinha sido mordido, e ficaram olhando para o filhote desconsolado até que ouviram um barulho, que o lobinho reconheceu com alegria. Era sua mãe que chegava para salvá--lo de mais aquele perigo.

A loba se aproximou rosnando com a fúria de uma mãe protetora, os pelos do pescoço eriçados, o olhar feroz, o focinho arreganhado para mostrar os dentes. O lobinho deu um grito de prazer e pulou para perto dela, enquanto os homens se afastaram vários passos.

Um deles no entanto gritou surpreso:

– Kiche!

O lobinho percebeu que sua mãe hesitou.

– Kiche! – repetiu o homem, agora com voz de comando.

A loba, que nunca tinha mostrado medo nem fugido de nada diante do lobinho, abaixou-se no chão e abanou o rabo em sinal de submissão. O filhote não conseguiu entender, mas encheu-se de mais respeito ainda por aqueles seres.

O homem chegou perto dela e colocou a mão na sua cabeça. Ela não rosnou nem mordeu, apenas deixou que a agradasse. Os outros homens também se aproximaram e a tocaram sem que ela fizesse qualquer protesto. Eles falavam muito entre si, mas não pareciam oferecer perigo. O lobinho deitou ao lado da mãe e também mostrou sinais de submissão.

– O pai dela era um lobo – o índio disse. – A mãe era uma cadela, mas meu irmão a deixou presa na floresta quando entrou no cio, para que cruzasse com um lobo.

– Ela passou o ano inteiro no mato, não foi, Castor Cinzento?

– Foi, Língua de Salmão. Ela escapou durante aquela estação em que ficamos sem caça. Não tínhamos comida para dar aos cachorros.

– Ela passou esse tempo com os lobos então – comentou outro índio.

– Parece que sim, Três Águias – Castor Cinzento tocou o lobinho. O filhote rosnou um pouco quando a mão encostou nele, e ela foi retirada para administrar novo tapa. O lobinho então escondeu seus dentes e se abaixou em submissão. A mão retornou e fez um agrado atrás de suas orelhas e ao longo de suas costas.

Castor Cinzento continuou:

– Pelo que parece, ele é filhote de Kiche e de um lobo. Portanto, é bem mais lobo do que cão. Como tem os dentes brancos, vou chamá-lo de Caninos Brancos. Ele é meu. Pois Kiche não era de meu irmão? E meu irmão não morreu?

Os índios continuaram a conversar. Depois Castor Cinzento tirou uma faca da bainha pendurada em seu pescoço, foi até um arbusto e cortou um galho. Caninos Brancos observou quando ele fez um furo em cada ponta do galho e passou fios de couro cru por um e outro. Atou um dos fios em torno da garganta de Kiche e a conduziu até um pequeno pinheiro, onde amarrou o outro fio.

Caninos Brancos foi atrás e deitou ao lado dela. Língua de Salmão estendeu a mão e virou o filhote enquanto Kiche olhava atenta. O lobinho sentiu medo mais uma vez e rosnou, mas conseguiu conter o impulso de morder.

A mão o agradou na barriga e o rolou de forma amigável de um lado para outro no chão. Era uma posição ridícula, além de perigosa. Como ele poderia se defender com as quatro patas no ar? Estava à mercê do animal-homem mas, por estranho que parecesse, acabou sentindo prazer com o toque. Foi agradável quando recebeu um afago atrás das orelhas, o que fez com que perdesse o medo.

Caninos Brancos ouviu os ruídos de muitos outros animais-homens se aproximando. Era o restante da tribo, quarenta indivíduos, todos carregando as tendas e utensílios para instalarem-se no local onde passariam o verão. Havia também muitos cães, todos eles, com exceção dos filhotes, igualmente carregados com fardos amarrados nas costas.

Caninos Brancos nunca tinha visto cães, mas compreendeu que eram parecidos com ele e sua mãe. Especialmente porque agiram como lobos, atacando o filhote com rosnados e mordidas. Sua mãe o defendeu, e os animais-homens deram gritos e pancadas com bastões para suspender o ataque, causando ganidos de dor nos cães.

Caninos Brancos entendeu que os animais-homens faziam suas próprias regras e obrigavam os outros animais a segui-las. O filhote apreciou a exibição de poder daqueles seres que não tinham garras nem dentes, mas faziam coisas mortas como galhos e pedras voarem pelo ar e atacarem animais como ele próprio.

Esse era um poder que Caninos Brancos não conseguia imaginar, muito além de sua natureza. Sentiu respeito pelos animais-homens como se fossem deuses.

O filhote lambeu suas feridas enquanto meditava sobre o seu ressentimento. Não sabia por que motivo aqueles que eram parecidos com Caolho, sua mãe e ele mesmo tinham tentado destrui-lo no primeiro encontro. Tampouco gostou de ver sua mãe presa numa armadilha, sem a liberdade de correr e deitar quando quisesse, como era a sua herança de animal selvagem. Desgostou mais ainda de ser obrigado a acompanhá-la, pois dependia dela, quando os índios resolveram continuar a caminhada e conduziram Kiche pela coleira.

A tribo acompanhou o riacho ao longo de todo o vale até chegarem ao rio Mackenzie, onde o lobinho nunca tinha estado. Lá, recuperaram as canoas que tinham deixado guardadas de ponta-cabeça no alto de mastros e montaram o acampamento perto das grades que usavam para secar peixes.

Caninos Brancos foi ficando cada vez mais impressionado com a capacidade dos animais-homens de mudar a paisagem, especialmente quando montaram armações de madeira e estenderam peles e cobertas sobre elas, transformando-as em tendas. Eram enormes! Teve medo do movimento e do barulho que faziam com o vento, mas logo aprendeu que não eram perigosas. As mulheres e crianças entravam nelas e saíam sem que lhes acontecesse nada de mal e os cães também procuravam entrar, sendo rechaçados com gritos e pedras.

Com muita cautela, afastou-se da mãe e aproximou-se de uma tenda, arrastando-se pelo chão como se estivesse numa caçada. Quando finalmente encostou o focinho no tecido, nada aconteceu. Sentiu todos os cheiros dos homens e mordeu aquela coisa estranha. Deu um puxão e houve um pouco de movimento. Deu outro puxão com os dentes e a tenda se movimentou mais, divertindo muito o filhote. Puxou com toda a força, fazendo com que a tenda toda tremesse. Uma índia gritou lá de dentro e Caninos Brancos voltou rápido para perto da mãe. Tinha perdido o medo daquelas coisas.

A coleira de Kiche estava amarrada numa argola presa ao chão, impedindo que ela se movesse com liberdade pela aldeia. Caninos Brancos se afastou para fazer novas explorações e deu de cara com um filhote maior e mais velho do que ele, que se aproximou com um ar agressivo. O nome dele, como o lobinho iria ouvir dos homens mais tarde, era Lip-Lip.

Como não era muito grande, Caninos Brancos decidiu tratá-lo com amizade. Lip-Lip, no entanto, aproximou-se com as pernas rígidas e a boca arreganhada, obrigando o outro filhote a fazer o mesmo. Os dois circularam em torno um do outro até que o mais velho deu um bote e mordeu o ombro que Caninos Brancos tinha machucado numa caçada. O bicho gritou de dor, mas reagiu na mesma hora, atacando Lip-Lip com fúria.

Este tinha uma experiência de lutas entre cães que o recém-chegado não possuía, mordendo repetidas vezes até que o lobinho chorasse e voltasse para perto da mãe. Essa foi a primeira de muitas batalhas entre os dois, que se estranharam desde aquele encontro e permaneceram inimigos até o fim.

Apesar do susto e das mordidas, Caninos Brancos

foi explorar mais um pouco o lugar e viu Castor Cinzento abaixado no chão fazendo alguma coisa com gravetos e musgo seco à sua frente. Aproximou-se tomado pela curiosidade e viu crianças e mulheres trazendo mais galhos e gravetos para o homem. Caninos Brancos chegou tão perto que viu quando algo vivo surgiu entre os gravetos, pulando e mudando de cor. Ele nunca tinha visto fogo. Sentiu-se atraído do mesmo modo que ficara pela luz na boca da toca onde nasceu, caminhando até ele sem medo. Castor Cinzento riu, o que o filhote interpretou como não hostil. Encostou o focinho na novidade e deu-lhe uma lambida.

Foi atacado pelo desconhecido no meio dos gravetos. Pulou para trás e explodiu em gritos e choros, fazendo com que Kiche latisse furiosa para tentar salvá-lo. Castor Cinzento caiu na gargalhada e contou o ocorrido a todos os índios, que também riram longamente, enquanto o filhote não parava de chorar. Era a pior dor que já tinha sentido, tanto o focinho quanto a língua estavam queimados. Mas Caninos Brancos sentiu também a vergonha de ser alvo das risadas e voltou para perto da mãe para recuperar-se.

Quando a noite chegou, sentiu falta da quietude de sua toca, perturbado pelo constante movimento dos animais-homens capazes de atos tão estranhos.

8

A submissão

Os dias que se seguiram foram repletos de experiências para o filhote de lobo. Aos poucos foi investigando as atividades que os animais-homens praticavam, enchendo-se de respeito pela sua superioridade. Diferentemente dos homens, que precisam ter fé para acreditar em deuses invisíveis, os cães e lobos que escolhem dividir o fogo com os seres humanos veem as suas divindades ali na sua frente, em carne e osso. Não é preciso nenhum esforço para acreditar nesses deuses e suas demonstrações de poder.

Como sua mãe, Kiche, o lobinho foi aos poucos aprendendo a mostrar-lhes submissão. Saía da frente quando queriam passar, afastava-se quando gritavam com ele, vinha quando chamavam. Pois junto com todos os desejos, os deuses mostravam um poder de machucar com tapas e chicotes, e também de agradar com afagos e comida.

O problema maior na vida de Caninos Brancos era Lip-Lip. Bem mais forte que o lobinho, o filhote se especializou em segui-lo e provocar brigas sempre que ninguém estava por perto. Caninos Brancos não fugia dos confrontos, mas ainda não tinha crescido o suficiente para fazer frente aos ataques do outro, perdendo todas as brigas. Ficava assim impossível conviver com os outros cães filhotes, já que Lip-Lip sempre se interpunha e provocava.

O lobinho viu sua infância acabar mais rapidamente, sempre sob ataque e tendo que se mostrar vigilante todo o tempo. Não conviveu com os outros cães de forma amigável como seria o natural entre animais da mesma idade, nem teve como brincar com eles. Sequer podia se alimentar como os outros, já que Lip-Lip o atacava sem dó na hora em que os índios davam comida aos cachorros.

Caninos Brancos aprendeu então a roubar comida e a conseguir o que queria pela astúcia. Numa das vezes em que Lip-Lip o atacou, Caninos Brancos saiu correndo por entre as tendas sem usar o máximo de sua agilidade, permitindo que o outro chegasse bem perto. Deu tantas voltas que o conduziu para perto de onde Kiche ainda estava amarrada. O filhote agressivo, excitado pela perseguição, não percebeu a manobra e, ao contornar uma tenda, viu-se diante da mãe de sua vítima. Ela o atacou sem dó, mordendo e puxando até que ganisse de dor. Lip-Lip finalmente conseguiu se afastar dela, mas Caninos Brancos completou o serviço, mordendo com fúria aquele que sempre o mordia, fazendo com que fugisse com o rabo entre as pernas.

Um dia Castor Cinzento decidiu que a chance de Kiche escapar era pouca e a soltou. Caninos Brancos ficou deliciado com a liberdade da mãe e, ao lado dela, pôde passear pela aldeia sem que Lip-Lip fizesse qualquer gesto em sua direção. No fim do dia, foi com ela até o limite do acampamento, olhando com saudade para a floresta que o chamava. Correu um pouco pelo meio das árvores, parou e olhou para trás. A loba não tinha se mexido. Ele ganiu e indicou, com sua postura de expectativa, que desejava ir embora. Mas Kiche olhou para as tendas e o fogo no meio delas. Ela ouvia o chamado selvagem como ele, mas também o chamado dos homens, que para ela era mais forte. Trotou de volta para perto do fogo.

Caninos Brancos ainda não tinha idade para sobreviver sozinho, e seu instinto dizia que o mais importante era ficar perto de sua mãe. Sendo assim, desconsolado, acompanhou-a.

A proteção materna, no entanto, durou pouco. Castor Cinzento tinha uma dívida para com Três Águias e saldou-a com um tecido vermelho, uma pele de urso, vinte balas de rifle e Kiche. Três Águias estava de partida para o lago Great Slave e embarcou a cadela em sua canoa. Caninos Brancos tentou subir junto, mas levou um tapa de Três Águias, que lançou a canoa na água. O filhote se jogou no rio e saiu nadando ao lado da canoa, ignorando a ordem de Castor Cinzento para que voltasse.

Este era, no entanto, um deus acostumado à obediência. Castor Cinzento lançou sua própria canoa na água e remou até Caninos Brancos. Com raiva, ergueu-o do rio e bateu longamente no filhote. Caninos Brancos ficou surpreso, depois sua natureza feroz aflorou e ele arreganhou os dentes contra o ataque. A reação enfureceu ainda mais Castor Cinzento, que bateu com mão ainda mais pesada até que o animal desistisse de rosnar e fosse tomado pelo terror. Castor Cinzento só parou de bater quando Caninos Brancos chorava de dor, e então o jogou no fundo da canoa. Deu-lhe um último chute com raiva, mas de novo o instinto de autodefesa do lobinho apareceu e ele mordeu o mocassim do índio.

Castor Cinzento suspendeu novamente o filhote e dessa vez bateu com o remo, machucando de verdade o animal. Quando o jogou no chão da canoa e o chutou, Caninos Brancos não esboçou qualquer reação. Havia aprendido a lição de completa submissão à vontade do homem.

Quando chegaram em terra, Lip-Lip aproveitou o estado lamentável de Caninos Brancos e enterrou seus dentes nele. Castor Cinzento chutou-o para longe, demonstrando que era o único que podia causar sofrimento ao filhote.

Caninos Brancos lamentou a partida de sua mãe com uivos que provocaram mais tapas. De vez em quando ia até o meio das árvores e chamava, esperando que ela voltasse. Mas aprendeu a viver na tribo, conquistando seu lugar pela mais completa obediência a Castor Cinzento.

Ele não agradava nem era gentil, mas jogava-lhe carne e o defendia dos outros cães sempre que via alguma injustiça. Assim, sem que o filhote percebesse, estava criando uma aliança que o prenderia ali, longe da vida selvagem, tanto quanto à sua mãe.

9

O solitário

A inimizade constante de Lip-Lip provocou uma situação extrema para Caninos Brancos. Não só o filhote mais velho sempre o atacava, como os outros filhotes bandearam para o seu lado. Toda vez que o viam, partiam para cima dele em grupo.

Dessa forma, Caninos Brancos estava sempre envolvido em brigas e passou a ser visto pelas pessoas da tribo como um encrenqueiro agressivo. Levava pauladas e pedradas e não era alimentado como os outros cães.

De espírito indômito, Caninos Brancos reagiu tornando-se mais agressivo e esperto. Diferentemente dos cães, que rosnam e andam com as pernas rígidas para anunciar a intenção de agredir, o lobinho aprendeu a atacar de surpresa, dando botes repentinos e virando sua vítima no chão para morder o pescoço. Como ainda era pequeno, suas mordidas não eram fatais, mas todos os filhotes da tribo ganharam impressionantes rasgos no pescoço.

Aprendeu a rosnar com fúria, arreganhando o focinho e deixando pender sua língua vermelha entre os dentes, as orelhas abaixadas, os olhos brilhantes de raiva. Mesmo os cães adultos detinham-se diante do agressivo filhote. E, como os cãezinhos da tribo o atacavam em bando, Caninos Brancos pegou o gosto de segui-los para mordê-los de volta quando estavam sozinhos. Nenhum deles podia ir a qualquer parte sem estar na companhia dos outros, pois isso significava um ataque silencioso, eficiente e dolorido de Caninos Brancos.

O filhote de lobo cresceu, assim, treinando apenas o lado lutador e furioso de sua natureza.

Um dia matou um de seus perseguidores depois de conduzi-lo até a floresta. Foi visto pelos índios, e o dono do filhote morto exigiu reparação. Castor Cinzento se recusou a entregá-lo, protegendo o lobinho que estava começando a admirar.

Com a chegada do outono, Caninos Brancos teve a oportunidade de escapar da hostilidade dos homens e cães da tribo. Percebeu, pela movimentação, que estavam de mudança para outro local de acampamento. Várias famílias colocaram seus pertences em canoas e desceram pelo rio Mackenzie.

Caninos Brancos resolveu ficar para trás. Escondeu-se na floresta e ignorou o chamado de Castor Cinzento depois que tinha desmontado sua tenda e embrulhado suas coisas.

Todos partiram e Caninos Brancos ficou sozinho, finalmente livre das mordidas e pauladas de seus companheiros de aldeia.

O lobinho descobriu, no entanto, que não estava acostumado a cuidar de si mesmo. O silêncio repentino, depois de tantas vozes e latidos, deixou-o sem rumo. O frio da noite sem uma tenda onde encostar-se o deixou desconfortável.

De repente, sentiu falta do fogo e da movimentação dos humanos. Deitou no local antes ocupado pelas tendas e percebeu o cheiro dos seres que tinham vivido ali. Não estava feliz.

Na manhã seguinte, decidiu ir atrás deles, acompanhando o rio que adivinhou ser o seu caminho.

Correu por mais de trinta horas sem comer, durante o dia e a noite e novamente o dia, utilizando toda a energia incansável dos de sua espécie. Seu pelo perdeu o brilho com o frio e a neve, suas patas incharam e começaram a sangrar, mas Caninos Brancos seguiu pela margem do rio até descobrir sinais daqueles a quem conhecia.

Para sua sorte – ou azar –, Castor Cinzento tinha visto um alce daquele lado do rio e desembarcado ali para caçá-lo, em vez de acampar na margem esquerda como era seu plano original. Caninos Brancos não tinha como entender que os índios poderiam descer do outro lado do rio e, se tivessem feito isso, talvez o destino dele fosse o de voltar a ser um lobo. Mas Castor Cinzento abateu o alce e estava ali, ao lado de uma fogueira com a mulher Kloo-Kooch e o filho Mit-Sah, quando Caninos Brancos os alcançou.

O filhote se aproximou devagar, tremendo e abaixando-se contra o chão em sinal de submissão. Esperava levar mais uma surra, mas se alegrava de estar novamente ao lado de seus deuses e do fogo, perto de companheiros que não gostavam dele, mas ainda assim eram companhia.

De sua própria vontade aproximou-se do dono. Castor Cinzento o viu e estendeu a mão, mas não para bater. Deu-lhe um pedaço da carne que comia. Caninos Brancos aceitou e estendeu-se próximo ao calor do fogo, satisfeito, confirmando a dependência que tinha estabelecido com aqueles deuses.

10

O pacto

Em dezembro Castor Cinzento decidiu subir o rio com Mit-Sah e Kloo-Kooch. Atrelou os cães adultos ao trenó grande e ensinou Mit-Sah a conduzir o trenó menor, puxado pelos filhotes em crescimento. Eles tinham dez meses, Caninos Brancos apenas oito meses de idade, mas o grupo de sete cãezinhos já era capaz de transportar quase cem quilos de carga.

Pelo sistema dos índios, cada cão era atrelado com uma correia separada, de comprimento diferente, para que todos corressem abrindo um leque na frente do tronco de bétula cavado, com a ponta levantada, que servia para transportar carga pela neve fofa. Nessa formação, os cães evitavam pisar um no rastro do outro e assim tinham mais firmeza para correr. O sistema era inteligente também porque usava a competitividade dos animais: o cão que ia na frente tinha a correia mais longa. Os outros tinham correias cada vez mais curtas e eram obrigados a correr atrás, o que atiçava seu instinto de perseguição, mas não lhes permitia alcançá-lo. Se o da frente se virasse para brigar e impor respeito aos outros, o índio fazia estalar seu chicote de dez metros de tripas de caribu, obrigando-o a virar para a frente e continuar fugindo do bando.

Na formação dos filhotes, Mit-Sah colocou Lip-Lip na ponta, deixando assim sua liderança do bando abalada. O briguento filhote tinha sido adquirido pela família de Castor Cinzento e seu filho o colocava agora numa posição em que ia sofrer pelo que tinha feito a Caninos

Brancos. No final do dia, quando os cães eram soltos e podiam finalmente se enfrentar, o bando agora atacava Lip-Lip.

Caninos Brancos aceitou bem sua parte do trabalho. Compreendia que, se fizesse o que os deuses pediam, teria como recompensa sua proteção e companhia. Ele aprendeu a usar sua força de maneira obediente, pouco se importando com os cães. Nos meses em que a família de Castor Cinzento viajou até outras tribos, Caninos Brancos cresceu e se tornou mais forte com o trabalho diário.

Tornou-se também mais respeitado entre os cães. A sua rapidez de ataque e o porte que estava adquirindo – puxando tanto sua mãe quanto seu pai em tamanho – garantiam que os cães agora hesitassem em roubar sua carne ou rosnassem para ele. Caninos Brancos impunha respeito.

Numa das aldeias que visitaram, o lobo descobriu que a lei dos deuses era um pouco diferente do que tinha imaginado. Ele tinha entendido, pela mão pesada de Castor Cinzento, que não podia tocar a pele dos humanos com seus dentes. Na aldeia, no entanto, um menino o encurralou e atacou com um machado. Em autodefesa, Caninos Brancos deu-lhe uma mordida e fugiu. O confronto foi observado por várias pessoas e Castor Cinzento o defendeu da família do menino atingido, tomando partido de seu animal.

Mais tarde, um grupo de amigos do menino mordido puxou uma briga com Mit-Sah. Caninos Brancos interviu, atacando aqueles que machucavam um de *seus* deuses. Quando o menino contou ao pai, Castor Cinzento deu-lhe um pedaço de carne especial e demonstrou que Caninos Brancos estava entendendo corretamente. Os seus deuses eram diferentes dos outros deuses e era somente a eles que devia fidelidade. Do mesmo modo, entendeu que as coisas de seus deuses deviam ser protegidas dos outros animais-homens.

Caninos Brancos tornou-se um ótimo cão de guarda, feroz e silencioso, sempre atento a tudo e todos da família de Castor Cinzento.

Quando voltaram à sua própria aldeia, ele já estava bem mais crescido e confiante em si mesmo. Os cães adultos passaram a respeitar aquele filhote adolescente e a sair de seu caminho. Ele continuou solitário, mas agora quem se atrevia a desafiá-lo acabava ferido ou morto.

Numa das tendas, Caninos Brancos encontrou de repente sua mãe com uma nova ninhada de filhotes. Ela o atacou, exigindo que se distanciasse de seus meios-irmãos. Como as fêmeas não retêm a memória de seus filhotes crescidos, para ela Caninos Brancos era tão ameaçador quanto qualquer outro macho. Ele não reagiu, porque entre os de sua espécie o macho jamais ataca uma fêmea. Apenas afastou-se e foi cuidar de sua vida.

Ao longo dos meses, cresceu e adquiriu o corpo compacto e forte de um lobo cinzento, sempre solitário e agressivo para com os cães, sempre obediente para com seu dono.

Durante uma nova escassez de caça em seu terceiro ano de vida, quando não havia carne suficiente para alimentar os homens e os cães começaram a ser comidos pelos donos, Caninos Brancos voltou a viver na floresta.

Seus instintos o ajudaram a caçar com paciência, a extrair sustento dos ratos-da-neve, dos esquilos, dos filhotes de lince. Conseguiu manter-se forte enquanto seus companheiros de aldeia sofriam de fome e fraqueza.

Numa das trilhas da floresta um dia encontrou Lip-Lip, sozinho e abatido. Sem querer, sem pensar, seus pelos eriçaram e Caninos Brancos arreganhou sua boca num rosnado assustador. Lip-Lip tentou recuar, mas Caninos Brancos praticou seu ataque repentino, derrubando o antigo inimigo. Mordeu sua garganta magra até extrair a vida daquele que o atormentara. Depois foi embora trotando.

Dias mais tarde, chegou perto da aldeia e ouviu sons de contentamento dos humanos. Em vez de choro e lamentos, ouviu gritos de quem estava com a barriga cheia. A escassez tinha acabado, estavam todos novamente bem alimentados.

Aproximou-se da tenda que melhor conhecia e foi recebido por Kloo-Kooch com gritos de alegria e um peixe. Deitou-se em seu lugar de sempre e esperou pela chegada de Castor Cinzento.

11

Inimigo dos seus

Quando a tribo resolveu viajar novamente com os trenós, Mit-Sah colocou Caninos Brancos na posição da frente, no lugar que tinha sido de Lip-Lip. Agora era ele quem passava os dias correndo na frente dos cães como se fugisse, despertando sua inimizade. De noite, para recuperar o respeito dos outros, Caninos Brancos era obrigado a administrar mordidas certeiras e ataques violentos, mantendo-se assim um animal sempre odiado pelos outros.

As brigas constantes apenas fizeram com que aperfeiçoasse sua técnica. Nunca escorregava nem perdia o apoio, era rápido como um raio nos golpes e na virada de corpo, atacava com firmeza a garganta do oponente. Não perdia tempo com preliminares nem ataques pouco certeiros. Tornou-se famoso entre as tribos como o cão mais violento que já tinham conhecido, um matador de seus semelhantes.

Castor Cinzento orgulhava-se de sua força e selvageria, e também de como era um ótimo cão de trenó, perfeitamente obediente e disciplinado. Quando Caninos Brancos tinha cinco anos de idade, Castor Cinzento o levou numa longa viagem através das Montanhas Rochosas até o território canadense do Yukon. A última parte do percurso ele fez de canoa, pois o verão já havia chegado. Castor Cinzento desejava vender as peles dos animais que tinha abatido no inverno no forte da Hudson Bay Company.

Era o ano de 1898 e o forte tinha virado um ponto de passagem de milhares e milhares de homens em busca do ouro que tinha sido encontrado mais ao norte, na região do Klondike. Eram aventureiros vindos de toda a América na esperança de enriquecer com o metal precioso, que diziam poder ser achado em pepitas no leito dos rios. Vinham despreparados para o clima frio e sendo assim Castor Cinzento teria como vender as peles de urso e castor, bem como as luvas e os mocassins feitos pelas mulheres de sua tribo, por um valor muito mais alto do que costumava obter por eles.

Caninos Brancos se espantou com a movimentação, mas logo entendeu o ritmo do lugar. No forte viviam apenas algumas dezenas de homens, mas um número enorme chegava de tempos em tempos numa embarcação a vapor que subia o rio e depois partia novamente, levando-os embora.

Caninos Brancos observou que esses deuses eram diferentes dos que conhecia e muitas vezes chegavam na companhia de cães ainda mais estranhos. Como não gostava dos animais de sua espécie e sua aparência de lobo despertava ataques instintivos dos recém-chegados, Caninos Brancos especializou-se em lutar com eles.

O bando de cães que vivia no forte participava da diversão. Eles esperavam que, com sua espantosa rapidez, Caninos Brancos desviasse da primeira investida de seu oponente, desse um tranco com o ombro para derrubá-lo e em seguida mordesse sua garganta. Depois de vencer o estranho, Caninos Brancos se afastava e os outros cães caíam em cima da vítima. Quando o dono do animal se dava conta, Caninos Brancos já ia longe e assim escapava dos violentos atos de vingança daqueles deuses. Certa vez, um homem sacou um revólver e atirou nos cães que tinham estraçalhado seu *setter*, matando seis da matilha que vivia no forte.

Caninos Brancos passava os dias divertindo-se dessa forma, já que não tinha nenhum trabalho a fazer. Castor Cinzento estava ocupado negociando luvas e mocassins com cada novo grupo de homens que chegava.

As atividades do cão com aparência de lobo despertaram a atenção dos homens que viviam no forte. Rudes e acostumados ao clima do Círculo Polar Ártico, eles nutriam desprezo pelos mineradores improvisados que chegavam do sul e divertiam-se com a sistemática superioridade que Caninos Brancos exibia em relação aos cães estrangeiros. Sempre que um vapor chegava, todos desciam ao porto para assistir aos confrontos.

Um deles em especial gostava de acompanhar as lutas de Caninos Brancos, ainda mais quando terminavam na morte de um dos cães do sul. Esse homem, que de tão feio era chamado de "Belo" Smith pelos outros habitantes do forte, era o cozinheiro do grupo. Tentou de várias maneiras se aproximar do animal, mas não conseguiu. Caninos Brancos não gostava dele.

Um dia Belo foi até o local onde Castor Cinzento estava acampado e fez uma oferta para comprar Caninos Brancos. O índio, no entanto, se recusou a vendê-lo. Estava rico com as vendas que tinha feito e disse que Caninos Brancos era o melhor líder de trenó que já tivera, além de ser o melhor cão lutador que existia.

O homem branco se animou com a confirmação do que tinha observado e não desistiu. Ofereceu de presente a Castor Cinzento algo que ele não conhecia, uma garrafa de uísque, e o convidou a experimentar.

Nos dias que seguiram, o índio adquiriu uma sede insaciável pelo líquido dourado que o estimulava. Passou

a comprar mais e mais garrafas no forte, até que seu saco de dinheiro ficou vazio.

Durante a ressaca depois da bebedeira, quando o índio estava tomado por uma vontade irresistível de tomar mais um trago, Belo Smith voltou a visitá-lo. Dessa vez, sua oferta foi em garrafas, não em dólares. E então Castor Cinzento aceitou.

No entanto, não foi fácil capturar Caninos Brancos. Ele não gostava de Belo e sumia pela floresta sempre que o homem dava as caras. Castor Cinzento precisou esperar que estivessem sozinhos para passar uma tira de couro

em seu pescoço e mantê-lo preso até que o homem branco viesse buscá-lo.

Belo Smith levou Caninos Brancos para seu quarto, mas o bicho escapou durante a noite e voltou para o acampamento de Castor Cinzento. O índio era seu deus, não o homem branco. Ele não amava Castor Cinzento, mas era de sua natureza ser fiel a ele. Foi preciso que Castor Cinzento o amarrasse novamente e permitisse que Belo batesse nele com um porrete – brutalmente, sem dó, sem que o índio nada fizesse para protegê-lo – para que Caninos Brancos compreendesse que devia ir com o novo dono.

12

O lutador

Belo Smith tratou de prender sua nova propriedade com uma corrente, de modo que não usasse seus afiados dentes para obter liberdade. Mantinha-o todo o tempo num cercado, tratando-o sempre com brutalidade. Caninos Brancos tornou-se um demônio de ferocidade.

Os únicos momentos em que Belo tirava a corrente de seu pescoço era para enfrentar outros cães.

A primeira vez foi contra um cão enorme, um mastim, colocado dentro do cercado com ele. Caninos Brancos expressou todo o ódio que sentia contra o dono, a corrente, o cercado, os homens que gritavam pulando no pescoço do animal. Apesar de ser menor, Caninos Brancos era muito mais ágil e conseguiu dar mordida atrás de mordida sem nunca ser pego por seu oponente. Belo Smith vibrava, e os homens que assistiam à luta aplaudiam a cada golpe que fazia escorrer o sangue do mastim. Até que Belo entrou no cercado com um porrete na mão, acuou Caninos Brancos em um canto e o prendeu novamente. O mastim foi arrastado para fora por seu dono e Belo recebeu o dinheiro de várias apostas.

A partir de então, a vida de Caninos Brancos resumiu--se em lutas e mais lutas. Belo Smith armou todo tipo de confronto, com cães de várias raças, com um lobo recém-capturado, até mesmo com dois outros cães ao mesmo tempo.

Nessa última luta Caninos Brancos quase perdeu a vida, foi o pior combate que enfrentou, mas terminou vencendo por sua rapidez de ataque, seus pés firmes, seu ódio a cada dia alimentado pela brutalidade do dono. Ficou famoso no território, ganhando o apelido de Lobo de Briga. Cães eram trazidos de longe para enfrentá-lo, aumentando assim sua experiência de luta. Vencia sempre.

Até que um dia um homem vindo do sul propôs uma luta contra o primeiro buldogue levado para o Ártico.

Uma multidão de apreciadores de tais confrontos se reuniu para assistir e fazer apostas. O cão era baixo, troncudo e pesadão, provocando curiosidade nos expectadores e em Caninos Brancos. Não parecia disposto a atacar ninguém, seu dono precisou incentivá-lo muito até que compreendesse que Caninos Brancos era o inimigo. Avançou com passos curtos e foi rapidamente mordido por Caninos Brancos.

O estranho não se deteve. Apesar da ferida aberta no ombro, continuou com os mesmos passos curtos atrás de Caninos Brancos, que de novo o mordeu e pulou longe. A cena se repetiu sem que o buldogue gritasse ou desviasse. Ele manteve o mesmo ritmo determinado até conseguir, num lance brusco, morder a garganta de Caninos Brancos.

Foi então que Caninos Brancos descobriu toda a estranheza daquela raça: o buldogue não o largou mais. Apesar das mordidas e sacolejos violentos de Caninos Brancos, pendurou-se em seu pescoço e não abriu as mandíbulas. Foi apertando e apertando e só não matou Caninos Brancos de imediato porque sua garganta era recoberta de uma farta pelagem, que engasgava o outro e dificultava que atingisse as artérias. Permaneceu ali dependurado e começou a estrangular Caninos Brancos.

Belo Smith percebeu que finalmente Caninos Brancos havia encontrado um adversário à altura. Ou melhor, que estava perdendo a luta. Pulou para dentro do cercado e começou a chutar Caninos Brancos na esperança de despertar nele ódio suficiente para reagir. Mas Caninos Brancos não conseguia se livrar do cão pendurado em seu pescoço. Os homens que assistiam reclamaram com assobios da intervenção, mas continuaram acompanhando a luta com atenção.

Um homem alto irrompeu no meio deles, abrindo caminho com empurrões. Entrou no cercado quando Belo Smith ia acertar mais um pontapé em Caninos Brancos e deu-lhe um soco na cara. O cozinheiro se espatifou na neve, tomado de surpresa.

O recém-chegado gritou para os homens em volta do cercado:

– Seus covardes!

Belo levantou-se e, em sua covardia, pretendia apenas afastar-se. Mas o homem alto entendeu que ele ia revidar e deu-lhe outro soco na cara. Belo resolveu permanecer deitado na neve.

– Me ajude aqui, Matt – disse o homem para o colega que também entrou no cercado.

Os dois tentaram separar os cães, mas o buldogue não abriu a boca nem levando pancadas na cabeça, ou mesmo com um dos homens tentando forçar suas mandíbulas abertas. Abanou o rabo e continuou firme em sua tarefa de morder.

O dono chegou perto para defender seu cão. O recém-chegado ordenou que mandasse o buldogue parar.

– Não sei como fazer isso. Depois que ele morde, não tem como abrir sua boca – disse o dono com irritação.

– Então não atrapalhe – respondeu o homem alto.

Sacou seu revólver e introduziu o cano na boca no animal. Com muito cuidado, foi torcendo até conseguir atravessar o cano ao outro lado. Com essa alavanca metálica, conseguiu aos poucos fazer com que o buldogue fosse soltando o pescoço de Caninos Brancos. Assim foi possível separar os dois animais.

O buldogue tentou voltar ao ataque, mas seu dono o segurou. Caninos Brancos caiu na neve, os olhos vidrados, a língua estendida com a falta de ar.

– Ainda está respirando, mas foi por pouco – disse Matt.

Belo Smith levantou-se afinal e veio olhar seu cão.

– Matt, quanto vale um bom cão de trenó? – perguntou Scott a seu companheiro.

– Trezentos dólares.

– E um quase morto como este aqui?

– A metade – respondeu Matt.

Scott abriu sua carteira e contou cento e cinquenta dólares.

– Não quero vendê-lo – disse Belo ao homem alto.

– Ah, quer sim! – disse Scott ameaçando dar-lhe outro soco.

– Não está certo! – protestou o dono de Caninos Brancos.

– Não está certo o jeito como você tratou esse animal!

Belo Smith grunhiu e reclamou, mas Weedon Scott foi firme com ele. Seus olhos cinzentos estavam brilhantes de raiva, toda a sua postura mostrava que faria o que fosse preciso para dar fim àquela situação injusta.

13

O indomável

Os dois homens olharam para Caninos Brancos com desânimo. Após duas semanas, ele não parava de rosnar e arreganhar os dentes e olhá-los com ódio da ponta da corrente. Os dois homens temiam chegar perto e Matt precisara afastar seus outros cães para que não fossem atacados.

– Ele é mesmo um lobo, acho que não vamos conseguir domá-lo – disse Scott.

– Não sei dizer. Mas sei que ele já trabalhou como cão de trenó antes de virar um lutador. Olhe as marcas de correia no pelo – observou Matt com os olhos de um condutor de cães profissional.

– É mesmo – concordou Scott, animando-se.

– Vou arriscar soltá-lo – declarou o condutor.

Matt se aproximou com um porrete na mão. Caninos Brancos acompanhou seus movimentos com atenção, eriçando os pelos do pescoço e rosnando quando o homem chegou perto. Ao se ver solto pela primeira vez depois de muitos meses, continuou observando os homens à espera de algum ataque.

– Está na hora de alguém tratar esse bicho de um jeito decente! – declarou Scott. – A raça humana está devedora para com ele.

Entrou na cabana e saiu com um pedaço de carne. Jogou-o na direção de Caninos Brancos, que pulou para longe com desconfiança.

Major, um dos cães de trenó de Matt, lançou-se sobre a carne. Não teve nem tempo de pegá-la na boca e já tinha sido mordido por Caninos Brancos, o sangue jorrando na neve.

– Como ele é rápido! E como Major foi estúpido! – disse Scott.

– Esse cachorro passou pelo inferno – comentou o outro. – Não dá para querer que ele agora se comporte como um anjinho. Temos que dar uma chance a ele.

– É verdade – disse Scott, enquanto encarava Caninos Brancos com atenção. O bicho demonstrava inteligência ao acompanhar os movimentos dos dois e colocar-se numa distância segura.

Scott aproximou-se de Caninos Brancos sem levar nada nas mãos, falando sempre para acalmá-lo. Caninos Brancos ficou ainda mais em alerta, esperando algum castigo repentino desse novo deus pela morte de um de seus cães. Rosnou quando o homem estendeu a mão para tocá-lo, esperando algum novo truque.

Weedon Scott achou que conseguiria reagir com rapidez se fosse preciso, mas foi mordido antes de perceber que Caninos Brancos tinha se mexido.

Matt entrou na cabana e saiu com um rifle.

– Não tem mesmo jeito, eu me enganei. Desculpe, seu Scott – disse ao patrão.

– Nada disso! Foi você mesmo quem quis dar uma chance a ele. Vamos ser decentes e ver o que acontece.

A partir daquele dia, Scott passava tempos conversando com Caninos Brancos em voz amigável, oferecendo carne sem jamais ameaçá-lo.

Em todas as experiências que teve, o bicho aprendeu a não confiar. Os deuses eram cruéis, sempre castigavam, sempre batiam. Mas Scott chegava perto sem um porrete na mão, sem qualquer sinal de ameaça. E sentava no chão para ficar ainda mais desprotegido, bem perto de Caninos Brancos.

Sem querer, contra todos os seus impulsos, Caninos Brancos permitiu que o homem tocasse sua cabeça. Rosnou mas não mordeu, deixando que os longos dedos daquela mão acariciassem seu pescoço.

– Eu não acredito! – disse Matt com espanto ao sair da cabana e deparar com a cena inusitada.

Foi o começo do fim do Lobo de Briga.

A gentileza de Scott era uma experiência nova para Caninos Brancos. Ele precisou usar de toda a sua inteligência para entender que Scott não iria machucá-lo, que ali havia um outro tipo de relação. Quando percebeu que era uma nova situação, ele sentiu uma satisfação que nunca tinha experimentado.

Aos poucos foi gostando de Scott, sentindo prazer em guardar sua cabana e puxar seu trenó. Não era mais uma simples troca pela comida e a companhia, queria mesmo mostrar-se útil. Até começou a experimentar um vazio quando o homem se afastava e alegria quando voltava. Preferia o desconforto de esperar deitado nos degraus da cabana, exposto ao frio, até que ele chegasse a enterrar-se na neve para dormir aquecido sem vê-lo. Sem pular ou jamais latir, Caninos Brancos demonstrava, com sua postura alerta e olhar brilhante, que amava seu novo dono.

Certa ocasião, Weedon Scott viajou. Caninos Brancos ficou sem entender o que havia acontecido, apenas Matt entrava na cabana e saía dela.

Caiu numa tristeza profunda. Ficou sem comer, adoeceu, parou de impor respeito aos outros cães da matilha. Matt escreveu ao patrão: "O lobo não quer mais trabalhar. Não come, não se mexe. Quer saber onde você está, mas eu não tenho como contar. Talvez ele morra."

Uma noite, Caninos Brancos começou a ganir para a porta. Matt levantou os olhos do livro que estava lendo e viu Scott abri-la. Os dois homens se cumprimentaram e Scott abaixou-se para agradar seu lobo, que estava abanando o rabo!

Caninos Brancos fez então algo que nunca tinha feito: encaixou sua cabeça entre o braço e o peito do homem. Era o maior sinal de confiança que podia dar.

14

A longa jornada

Caninos Brancos sentiu a calamidade no ar. Sem saber direito como, percebeu que seu deus se preparava para se ausentar novamente. Começou a vigiar todos os seus movimentos, não querendo que saísse de suas vistas. Quando entrava na cabana, Caninos Brancos ficava farejando por baixo da porta.

– Olhe só o jeito dele – comentou Matt. – Acho que o lobo percebeu que você vai embora.

Weedon Scott olhou para seu companheiro de trabalho ali nas minas do Yukon e mostrou sua inquietação.

– O que é que eu posso fazer? Não dá para levar um lobo para a Califórnia!

– É verdade. Vai que ele mata algum cachorro por lá – respondeu Matt.

Scott continuou infeliz, mas sem encontrar uma solução. Matt dizia concordar com ele, mas a todo momento comentava:

– Parece que o lobo gosta de você...

Caninos Brancos passou a noite uivando.

– Acho que dessa vez ele morre. Parou de comer de novo – comentou Matt.

– Ah, pare de me amolar! – grunhiu Scott. – O que você quer que eu faça?

– Nada, só estava comentando – disse o outro.

De manhã, várias malas foram colocadas fora da cabana e dois homens as levaram. Caninos Brancos não foi atrás deles porque seu dono ainda estava lá dentro.

Scott o chamou e abaixou-se para despedir-se. Seus olhos brilhavam. Caninos Brancos encaixou a cabeça no seu braço de novo.

– O apito do barco tocou. Melhor correr – disse Matt. – Saia pela frente e tranque a porta. Vou sair pelos fundos e deixá-lo preso aqui até você estar longe.

Os dois homens fecharam Caninos Brancos na cabana e foram para o porto. Por algum tempo ouviram seus ganidos e protestos, depois longos uivos de dor. Era de partir o coração.

Weedon Scott embarcou no Aurora com passos pesados, despedindo-se de Matt com recomendações.

– Por favor, cuide bem dele – pediu. – E me escreva contando como vai.

– Tudo bem, pode deixar – disse, mas depois olhou para algo atrás de Scott e ficou sem ação. – Você trancou a porta?

– Claro!

– Então acho que ele saiu pela janela – Matt apontou para o cão sentado no deque do barco.

Caninos Brancos olhou para eles com atenção, mas não se aproximou. Estava claro que não ia permitir que o prendessem de novo. Quando Matt foi em sua direção, ele se afastou por entre as pernas dos outros passageiros.

Scott o chamou e observou seu focinho cortado, os pedaços de vidro espalhados pelo seu pelo.

– Ele atravessou a janela! – comentou o condutor de cães.

– Matt, meu caro, esqueça. Não precisa mais cuidar dele.

O outro olhou com preocupação.

– O que você vai fazer?

Scott riu.

– Pode deixar que eu escrevo contando sobre o lobo.

Despediu-se do colega.

– Agora acho bom você parar de reclamar! – disse para o cão sentado ao seu lado, agradando sua cabeça com alívio.

15

A vida no sul

Foi bem difícil para Caninos Brancos adaptar-se à sua nova vida. As terras do sul eram barulhentas e lá era sempre verão. A cabana de seu deus era enorme e muitos homens e mulheres estavam ligados a ele.

Caninos Brancos teve que se acostumar com todos eles. A cada gesto achava que Scott estava sob ataque e pulava rosnando para defendê-lo. A mãe e o pai de Weedon, sua mulher e seus dois filhos, assim como os vários empregados da mansão levaram alguns sustos ao se verem diante de um lobo com cara de poucos amigos.

No entanto, Caninos Brancos era inteligente e logo percebeu que aqueles seres humanos "pertenciam" a seu dono e que alguns eram mesmo especiais. Foi aos poucos permitindo que o tocassem e os filhos de Weedon puderam brincar e puxar suas orelhas sem que ele reagisse. Uma cena impensável para quem tinha visto Caninos Brancos atacar por tão menos.

Na propriedade do pai de Weedon, o juiz Scott, vivia uma pastora chamada Collie, que reagiu de maneira instintiva e violenta contra a invasão do lobo. Ela passou a segui-lo com desconfiança, atacando e mordendo sempre que podia aquele que para ela não era de forma alguma um cão. Como era uma fêmea, os instintos dele o proibiam de reagir, do que ela muito se aproveitava.

Certo dia, quando viu uma galinha fora do galinheiro, Caninos Brancos a perseguiu e devorou. Achou-a gorda e saborosa e saiu em busca de outras. Não lhe ocorreu que ali não podia caçar como na terra onde tinha nascido.

Um empregado dos estábulos o viu correr atrás de outra galinha e quis impedi-lo. Deu uma chicotada e gritou como faria com outros cachorros, ao que Caninos Brancos reagiu com sua costumeira rapidez e pulou no pescoço do rapaz. Ele o teria matado se Collie não tivesse surgido e o atacado com fúria, ao mesmo tempo latindo para dar o alarme. Caninos Brancos fugiu, mas o juiz, quando ficou sabendo, ficou muito preocupado.

– Ele vai aprender, não se preocupe – disse Weedon.

Na manhã seguinte, o empregado trouxe cinquenta galinhas mortas e empilhou-as na varanda da mansão.

Weedon admirou-se de seu lobo, mas deu-lhe uma bronca ríspida, esfregando seu focinho nos animais mortos. Caninos Brancos não compreendia o que havia feito de errado, mas entendeu que seu mestre não aprovava a inocente caçada. O homem o conduziu ainda ao galinheiro e impediu, usando de uma voz dura, que Caninos Brancos seguisse seu instinto de abater aquelas aves todas agitadas à sua volta.

Ele não foi capaz de entender, mas se conteve.

– Não é possível corrigir um cão que mata galinhas. Depois que pegou uma, vai pegá-las sempre – sentenciou o juiz Scott.

– Não concordo, pai. Vou fazer o seguinte: vou trancá-lo no galinheiro para mostrar como ele já entendeu o que eu quero dele.

– Vamos perder o resto das galinhas – disse o juiz.

– Eu pago a você uma moeda de ouro para cada galinha que ele matar – apostou Weedon.

– Mas seu pai também precisa pagar alguma coisa se estiver errado – sugeriu Beth, a mãe de Weedon.

– É justo. Se no final da tarde Caninos Brancos não tiver matado nenhuma galinha, você vai dizer, de forma solene como se estivesse no tribunal, para cada dez minutos que ele tiver passado lá dentro: "Caninos Brancos, você é mais inteligente do que eu pensava".

Feita a aposta, Caninos Brancos foi levado para dentro do galinheiro e a família toda ficou observando de um local onde ele não podia vê-los. Caninos Brancos deitou-se no meio das galinhas e dormiu. Depois levantou, espreguiçou-se, bebeu água no bebedouro das aves sem olhar para elas, deu uma corrida e pulou para fora do galinheiro pelo teto da casinha.

O juiz sentou-se na varanda diante do cão-lobo e declarou, para diversão de toda a família, por dezesseis vezes:

– Caninos Brancos, você é mais inteligente do que eu pensava!

Caninos Brancos foi aos poucos se acostumando às leis do lugar, entendendo o que seu mestre queria e obedecendo suas vontades com a mesma lealdade que tinha dedicado a Castor Cinzento, porém agora acrescida de amor.

No segundo inverno que passou nas terras do sul, percebeu que os dentes de Collie não estavam mais tão afiados. A pastora finalmente tinha vencido sua desconfiança do lobo e agora se aproximava dele mais para brincar do que para atacar. Desde sua infância, era este o primeiro contato amigável que Caninos Brancos tinha com um de sua espécie.

Quando ela fez um convite para correrem pelos bosques, ele ouviu o chamado de seus instintos e aceitou. Pela primeira vez, deu mais importância a outro ser que não fosse seu dono.

Naquela ocasião, Jim Hall, um criminoso que havia sido condenado pelo juiz Scott, escapou da prisão. As provas apresentadas contra ele tinham sido falsas e, sem que o juiz soubesse, havia condenado o homem injustamente. Ele era culpado de outros crimes anteriores, mas a sentença severa despertou nele um poderoso desejo de vingança.

Sua fuga foi noticiada nos jornais e todo o condado se pôs a procurar pelo fugitivo. O criminoso no entanto foi mais esperto e manteve-se em liberdade apesar do prêmio em ouro pela sua captura.

Conforme os dias se passavam e nenhuma notícia chegava da prisão do criminoso, aumentava a ansiedade de todos na propriedade de Sierra Vista.

Alice, a esposa de Weedon, resolveu deixar Caninos Brancos dormir dentro de casa. Sem avisar ninguém, ela abria a porta quando todos tinham ido dormir e deixava o animal entrar na sala. Ele permanecia silencioso, compreendendo que havia alguma missão a cumprir.

De manhã ela o colocava para fora antes que alguém o visse.

Foi assim que, certa noite, ele estava na sala quando percebeu a presença de um deus estranho atravessando a casa com passos silenciosos. Caninos Brancos o seguiu também em silêncio até o pé da grande escada que conduzia aos quartos. Quando o estranho levantou o pé para subir o primeiro degrau, Caninos Brancos pulou em suas costas sem qualquer aviso.

Os dois lutaram no escuro, derrubando móveis e fazendo barulho. O criminoso deu dois tiros que acordaram a todos.

Quando Weedon e seu pai acenderam as luzes, viram uma cena violenta. Jim Hall jazia morto, sua garganta aberta pelas mordidas do lobo. E Caninos Brancos também estava deitado, os olhos tremendo num esforço para permanecerem abertos. Ele havia levado um tiro e estava sangrando muito.

Toda a família se comoveu. O juiz quis mandá-lo para ser internado em um veterinário, mas Beth e Alice se prontificaram a cuidar dele. O médico declarou que suas chances de sobrevivência eram mínimas, mas a vontade de viver de um lobo era maior do que ele imaginava.

Com todos os cuidados e a boa alimentação, Caninos Brancos se recuperou das fraturas e da perfuração em seus pulmões.

– Só mesmo um lobo para sair vivo de uma dessas – disse o juiz.

– Um lobo querido – declarou sua mulher.

Caninos Brancos viveu feliz nas terras do sul. Juntamente com a companheira Collie, pôde ver seus filhotes brincando e crescendo à sua volta, sob a luz do sol quente da Califórnia.

QUEM É LAURA BACELLAR?

Laura Bacellar trabalha com livros desde 1983, tendo já editado mais de mil títulos. Gosta muito de ler e escrever, e acredita no poder dos livros tanto para divertir quanto para informar.

É coautora de *Mãe-d'água: uma história dos cariris* (Scipione, 2008) com o índio Tkainã e de *Escreva seu livro – guia prático de edição e publicação* (Mercuryo, 2001), que tem também uma versão na internet em www.escrevaseulivro.com.br.

Para a Scipione, adaptou outros títulos da série Reencontro Infantil: *Robinson Crusoé, Rei Artur e os cavaleiros da Távola Redonda, Frankenstein* e *Um conto de Natal*, bem como *Drácula* e *O signo dos quatro* para a Reencontro Literatura. Laura trabalha como editora e dá aulas a autores que querem publicar seus livros.

R E N C O N T R O
literatura

editora scipione

Roteiro de Trabalho

Caninos Brancos
Jack London • Adaptação de Laura Bacellar

Esta é a história de um lobo valente em sua incessante luta pela vida. Das terras frias do Ártico ao sol da Califórnia, a trajetória de Caninos Brancos é marcada por inúmeros desafios e aventuras. Desde os primeiros passos para fora da toca, o perigo ameaça sua sobrevivência, seja pelo ataque de outros animais, seja pela crueldade dos seres humanos. No convívio com os índios, puxa trenós e duela contra cachorros ferozes. Seu maior desafio, no entanto, é aprender a lidar com os próprios instintos, vivenciando o conflito entre a permanência na natureza e a adaptação ao mundo dos homens brancos.

A LUTA PELA VIDA

1. Como se chamam os dois primeiros personagens que aparecem na história?
_____
_____

2. No convívio com os índios, Caninos Brancos apren-de a controlar os seus instintos e começa a nutrir grande respeito pelos homens.

a) Como esse sentimento é mostrado na história?

_____
_____
_____
_____
_____
_____
_____
_____

b) A submissão de Caninos Brancos aos homens não se dá apenas pelo respeito e pela admiração. Retire do texto trechos em que o aprendizado do lobinho se faz por meios violentos ou dolorosos.

_____
_____
_____
_____
_____
_____

ENTRE OS HOMENS BRANCOS

1. Caninos Brancos torna-se famoso entre as tribos como o cão mais violento que já se conhecera. Sua notoriedade desperta a atenção dos homens brancos, até que Castor Cinzento o vende para um homem conhecido por Belo Smith, que passa a explorá-lo como lobo de briga. Como termina esse período da vida do lobo?

_____
_____
_____
_____
_____
_____

2. Sob os cuidados de Weedon Scott e de seu empre-gado Matt, Caninos Brancos conhece uma forma d tratamento mais humana, estabelecendo uma re ção de confiança com seus novos tutores.

a) Qual a reação de Caninos Brancos quando

Encarte elaborado por **Henrique Félix** (Garagem Editorial), bacharel em Português e Espanhol pela USP. Foi editor infantojuvenil e paradidáticos da Atual Editora e gerente editorial de livros universitários da Editora Saraiva.

cebe que Scott está partindo de mudança para a Califórnia?

3. Um outro aspecto importante do período em que vive com os índios é a relação de Caninos Brancos com os cães da tribo. Relate os principais momentos dessa relação e as suas consequências para a formação do lobinho.

b) Caninos Brancos passa a viver na mansão da família Scott, onde acaba se unindo a uma pastora alemã chamada Collie, com a qual vem a ter alguns filhotes. Porém, um grave acontecimento quase impede essa união. Que acontecimento foi esse?

2. Qual é o destino de cada um dos homens?

3. A partir desse momento, a história passa a mostrar o duro cotidiano da matilha e as relações entre os membros do grupo. A loba que atraía os cães para a morte acaba se acasalando com o velho lobo e dá à luz cinco filhotes. O que acontece com eles?

ENTRE OS ÍNDIOS

1. Após um período de aprendizado, durante o qual explora o mundo exterior à caverna onde nasceu, o lobinho tem o seu primeiro contato com seres humanos. Como se dá esse contato?